水野るり子の詩

皿の底の暗がり

エドウィン・A・クランストン

グレーテルの会 訳

思潮社

水野るり子の詩——皿の底の暗がり

エドウィン・A・クランストン　グレーテルの会訳

装画＝田代幸正
装幀＝思潮社装幀室

目次

皿の底の暗がり――水野るり子の詩の深層をさぐる

何年か前のこと、美術史家たちの集まるパーティで、私はたまたま日本の女性詩人と知り合う機会に恵まれ、その夜のほとんどを、彼女の隣に座って詩や翻訳について語り合って過ごした。この出会いをきっかけにして、翻訳者としての私の人生に新しい冒険がやってきたのだ。それまでの私は、複雑な芸術である和歌という古典的な詩（その五七五七七のリズムは私の脳に深く埋め込まれていた）に、何十年も翻訳者としての時間を捧げてきた。その夜、出会った詩人の名は水野るり子である。彼女の詩は散文詩を含む自由な形式の現代詩で、私が主に関わってきた詩とはまったく異なる手ごたえと充足感をもたらしてくれるものだった。私はそのときの会話で、彼女の作品をいくつか送ってもらえないかと頼んだ。やがて作品が送られてきて、すぐに翻訳にとりかかった。思い起こせば、その作品は「月の魚」であった。

月の魚

魚よ
おまえは涙をながしているね
アンダルシアの原野をゆく
一頭のロバの背中に
下弦の月がかかるとき…

永遠のある一日からひきあげられ
遠く運ばれていく魚よ
おまえは乾いていく大地への
一滴の供物なのか

魚よ
おまえの魂はどこへいくの
透き通った空の大きな壺のなかで
月がだんだん欠けてゆき
おまえが運ばれる土の器から
海はひとしずくずつ蒸発していく
すると　魚よ
おまえの小さなからだは
月のさみしいかたちに似て
弓なりに空へとはねる

魚よ

何万光年かなたの星にまで
その水音はとどくだろう
おまえはそのころ
憶い出のように
月のない空にかかって
うしなわれたこの水の星を
見下ろしているね

この詩は訳しやすく、短い行と輝くような超現実のイメージ、そして地球の運命への暗黙の関心が私の心を引きつけた。水野さんも気に入ってくれたようで、間もなく詩集が送られてきた。一九八三年刊行の第二詩集で、その年度のH氏賞[*1]を受賞した『ヘンゼルとグレーテルの島』だった。内容に踏み込むや、私はその薄明の世界、心にまつわりつく不思議な力をもつ世界に引き込まれていく自分に気づいた。私はついにその詩集一冊を訳し終え、続けて他の三冊と未刊の詩も訳すことにした。一方で和歌の仕事も続けていたので、当然のことながら水野詩の翻訳作業は、この二つの仕事のせめぎ合いをもたらすことになった。どうして私は、それまでなじみのなかった現代詩に引き込まれたのか、私をそこまで引きつけたのは何か？　このエッセイはその答を究明する一つの試みである。

この試みに時間を割こうと決めるにあたって、まず大きな比重を占めていたのは、現在を生きている詩人と共同作業をする機会（それは、詩人が自らについて語り、私の問いに答えることができるということ）をもてるということである。私の好きな三人の詩人たち、柿本人麻呂、和泉式部、与謝野晶子[*2]（彼らはもうこの世にはいない）は、時の流れのかなたでアルカイックスマイルを浮かべ、あたかも彼らと語り合っている気にはさせてくれる。しかし、その遺された言葉は、魅力的であるが音のないこだまの中に沈んだままなのである。

たとえていえば、私は先をゆく学者集団のキャンプの隊員のようなもので、いつもテントのすきまから、その聖域に忍び込む機会をうかがっている者だ。そうして手に入れたものを使って、自分なりの自由な詩の読み方をしたいと考えている。これは詩を愛する者にとっては自然な気持ちではないだろうか。自分の行為を正当化しようと、私はそのように考えてきた。

しかし水野詩に関しては、その自由はあまり通らなかった。この現代を生きている詩人との二人三脚の作業は、あらゆる言葉を確認すること、句読点とレイアウトについて話し合うこと、最後のＯＫが出るまで数知れない推敲を重ねることが、最低限の条件となることを意味していた。それは和歌を翻訳することとはまったく異なっていて、自分の仕事を考える経験にもなった。ひとりの詩人が自らの作品について心を砕くその方法を知ることは、私自身のためにもなることであった。この仕事は自ら引き受けたもので、その当然の成り行きともいえるが、やがて作品の多くが自分自身の作品であるようにも思えてきて、それは結果として自分のためになり、自らを鍛えるものとなったのである。しかし私がここで述べたいのは、翻訳の方法についてではなく、水野さんの創り上げた世界に、私が抱いた親密さを強調することなのだ。

私が水野詩に惹かれるのはなぜか、そう自問するときはいつも、mystery（謎）という言葉に行きつく。ラジオ番組で聞いた"I love a Mystery"（私はミステリーを好む）という文句が私の心に深く刻まれている。ミステリー（謎）を好むとはどういうことだろう。ある者にとっては探偵と知を競う喜びかもしれない。しかし私にとっては、その核心は、解決にあるのではなく、それ以上にミステリー（謎）そのものにあるのではないかと思う。

荒野の遠吠え、図書館の迷路、子供を餌食にする悪霊……、幽霊屋敷での夢や突然の死……。水野の最良の詩の多くは、暗い微光に包まれている。彼女自身が述べているように[*3]、そこは薄暗がりの空間である。真夜中でもあり真昼でもあるような闇、夢を引き寄せる暗示的な水面下の流れ、超現実、そして神話などの闇……。その闇は、どんな詩人にあっても避け難いものであるように、彼女自身の人生のトラウマをたぐり寄せる。

『ヘンゼルとグレーテルの島』における水野の詩の世界の中心には、父、母、兄、妹という核となる家族がある。兄と妹は深く結びついている。しかし兄は病いにより死ぬ。両親は他者であり、異邦人である。理解不可能で、むしろ威嚇的な存在だ。その世界には……象徴的で、互いに影響し合いながら、謎めいて……動物たちがさまよっている。散文詩「魚の夜」を読んでみよう。

魚の夜

子どもが深い夢のなかで目ざめている　病室の窓から街の内部が見えてくる　街はくろずんでところどころ傷んでいる　街路の上の濃い闇の裂け目をふんで　一人の男がこの街を通りぬけていく　男は一匹の大きな魚を背負っている

男の歩行につれて　あおむいた魚の喉の奥で釣針がにぶく光る　大きな魚の内臓には小さな魚たちの餓えがぎっしりとつまっている　魚たちは押し合いながらゆっくりと闇のおくの市場へ向かって運ばれていく

海からあがってくる通りは長く　家々は貝殻のついた窓をかたくとざしている　魚売りの顔はみえない　だれも魚売りの足音に気づかない　それは夜毎に廻

る時計の音に似ている

病室の窓ガラスに男の深い長靴の音が一晩中こだましている　子どもはいくたびも夢のなかで目をひらく　みひらいた大きな魚の目からたえず海の色が流れ出し　灰色の街路をひとすじにぬらしていく

発熱した子どもの胸に母は耳をあてている　胸のなかで小さな盲の魚たちがもがいている　子どもの口は乾いて　引いていく潮の匂いがする　母は子どもの胸をそっとひらき　手をさし入れて余分な重たい内臓を一つ一つ丹念にとりのけていく　汚れたシーツはとりかえられる

母はすきとおった子どものからだをかるがると抱きとり　暗い病室の外へ立ち去る　ちらばった魚の残骸は　朝　海から遠いコンクリートの穴の底にすて

られている

この詩を解釈するとどうなるだろうか。兄の死……それは水野詩の語りの中に、くり返し現れる陰鬱で超現実的な情景の一つである。カール・ユング（その思想はこの詩人に深く影響している）は、述べている。母なるものの元型（グレートマザー）は「夜の、恐ろしい闇であり、対象を囲い込み、呑み込もうとするなにものかを暗示する」[*4]と。水野の作品には、「母」がしばしば登場する。また病気の子どもと魚が登場する。「時間」は根源的なテーマであり、時を刻む時計は不吉なイメージだ。

「ヘンゼルとグレーテルの島」は五つの散文詩から成っていて、最初の詩が詩集の題になっている。それは妹によって語られ、やがて象が登場してくる。象は、世界の全体性、大きさ、哀しみ、その無力さを表わすものとして、水野の好む比喩でもある。「ヘンゼルとグレーテル」の話は（グリム童話は子どもというテーマを扱う素材として、水野のよく用いるものの一つである）、子どもをむさぼる魔女が出てくることで知られている。母親と魔女は、グリム童話でも水野詩でも、ときに一つに重なるように見える。「ヘンゼルとグレーテルの島」[*5]は以下の通りである。

ヘンゼルとグレーテルの島

二人で一つの島にすんでいた夏がある　小さい門にはどの家とも区別がつかないように×点がつけてあった　私はせまい階段をのぼって　髪に花をさしながら部屋に入った　部屋には象がいた　象は後向きになって海のことばかり想像していたので　波がいくたびも背中をのりこえているうちに　ほとんど島になりかけていた　やがて島は小さな明りをともしたまま二人をのせて　夜ごと海へ沈んだ

兄は夜になると島のことばかり話した　島はまだ幼ないときヒトに囚えられて裸にされ　動物分布図まで記入されている　（二人はとてもはずかしかった）古い記号が今もかすかに島のあちこちに残っているそれは縄目のあとのようにみえる　デボン紀に一種の両生類が島を通りぬけた跡があるが通りぬけたこ

と以外何も分らない　さびしい島はそれ以来象の姿
でひっそりとぼくらを待っていたのだ　空と明るい
羊歯の森かげへぼくらを連れていくために

昼間二人は円い食卓に向い合い象と島の行方だけを
考えた　盆踊りの余韻が風にのって流れ東洋のどこ
かの国へ来たような気がした　私は象にドーラとい
う名をつけた　兄は島にドーラ[*6]という名をつけた
私は象使いのムチをつくる蔓草について歌をつくり
兄は島の地質とただ一つの大きい足跡の寸法につい
て長い論文を書いていた　二人はテーブルをまわり
ながら象と島の見える位置へはてしなく近づいてい
った

いろいろなところで父や母が死にはじめた　大人た
ちの戦争が起った　みなれぬ魚が階段をのぼって戸
口できき耳をたてる気配がした　私はうつむいて魚

をひきあげると足を切った　どの足も短かかった
窓の外は足と古い内臓の匂いがした　みごもった魚の腹のなかには盲いた地図が赤くたたまれていた
楕円形の暗いお皿の上に兄は地図をひろげた　それは多産な地方だった　二人は無垢な疵口のように横たわりみしらぬ魚の料理法を初めて学んだ　魚もヒトもいつか癒される必要があるのだと知った　それが大人たちの秘密だった

森の奥で羊歯の胞子が金色にこぼれる音がした　かまどの中で魔女がよみがえりはじめていた　あの人のポケットにはもうパン屑も小石もなかった　そして短かい夏の末にあの人は死んだ　それは透明な小さいコップのような夏だった　だがそのような夏を人は愛とよぶような気がした

水野の詩の中で、私の心を捉えて離さないのは何よりもこの詩であるということを最初に断っておきたい。この詩には、水野の詩の語りのまさに核となるもの、中心となるものが含まれているといえる。それは哀しみであり、エデンの園を思わせる物語であり、失われた無垢そのもののイメージである。私は水野に指摘されて、あることに気づく前から、この詩はまさに愛について書かれた物語であると確信していた。それは、詩の後半になって、ヘンゼルが「兄」ではなく「あの人」と呼ばれていることである。この点に、当然私は戸惑った。

ユングの著作の中には、他に魚についての興味深い記述がある。『外典トビト書』を読むと、魚は不思議な力をもつ生きものであり、目の見えない人を治したり、死ぬ運命として呪われていた初夜を無事に切り抜けさせる力をもっていることがわかる。[*7] 興味深いのは、ユングは元型としての魚を、癒しと穢れの両面性をもつものとして捉えていることである。性とは超自然的、神秘的なものであり、神と悪魔の両面性をもっている、[*8] と。そして、こういう類の両義性が水野の作品を貫いている。

水野は兄と妹の秘密の王国を一つの部屋として表現している。その部屋に向かって、不吉な、両義性をもつ魚が階段をのぼってくる。一方、戸外では破壊と死をもたらす大人たちの戦争が起こっている。部屋の中では兄と妹が性の深淵へと降りていく。二人にとってすべてを癒すであろう愛の淵へ。兄と妹は魚を料理し、大人たちの秘密を発見する。魚を食べるということは秘儀であり、聖なるものでもあり、呪われたものでもある、という事実が、この詩を複雑にし、難解にもしている。
「無垢な疵口」の背後では、むさぼり食う魔女の影が待ち伏せしており、その魔女は「よみがえり」の魔女である。一度失われた無垢は、もはや魔女を遠ざける手だてをもたない。グリム童話の「ヘンゼルとグレーテル」は食べることと同じく、食べられることについてのお話である。しかし水野の詩に出てくる魔女は、結局、その犠牲となったもののすべてを食い尽くす。それは、死、すなわち子ども時代の終わりを意味している。あとに残るものは、その島と「透明な小さいコップのような」夏の記憶だけである。*9

ユングは「魚」に関する知識において大変役立つが、その他のいくつかのイメージにも光を当てている。しかしながら、長い目で見れば、自分自身の知識を超えることはなかったのではないか。フロイトの夢のイメージについての、割り切った明確すぎる解釈に対して、初期のユングは一貫して批判的であり、夢を浅薄に解釈することをきっぱりと退ける姿勢を示している。

ユングは、深く歴史的な研究方法を身につけ、秘儀的な研究へと進み、知識を積み上げていった結果、やがて夢の普遍的な解釈の体系を構築し、元型となる神話を用いることによって夢の話法とイメージを判読する力をもつことを主張した。*10 これほどの巨人と、同じ土俵で対抗することは向こう見ずといえるかもしれないが、私は直観的に、夢に現れる万象が、ある意味をもつという基本的な原理に同意しているのだ。

だが、私がもっとも親近感を覚えるのは《深い井戸》の理論であって、それはジョン・リビングストン・ロウズのコールリッジ研究『ザナドゥへの道』の中に出てくる。それは私たちが、読んだもの、経験したこと、すなわち私たちのすべては、いったん無意識の《深い井戸》の中へ沈み、それから万華鏡のように変容された形で、私たちが創造するものの中に浮上する……という理論である[*11]（私はこの結論に、エッセイの結末で再び戻ってくるつもりだ）。意味というものは、あるシステムに従って唯一絶対の結論にのみ導かれるものではない。ユングを読む場合にも、他のものを読む場合にも、求められるのは読解力である。

私がするべきことは作品を提示することであって、それは詩を生かし、呼吸させること、詩にその魔法を生み出させることである。ところどころで作者の思考の深い構造を示していると思われる様式、すなわちイメージと場面のくり返される部分を指摘してみせることだけなのだ。何もかも説明しすぎること、解釈しすぎることは間違いである。なすべきことは、詩を生かし、呼吸させ、詩の魔術を生み出させることにある、と私は考える。

シャルル・モーロンは、著作にくり返し現れるメタファーの網（ネットワーク）によって識別できる、作家固有の「深層の声」について記している。私もその説に賛成だが、しかし私はその方法論を、水野の作品に厳密に適用しようとはしなかった[*12]。むしろ、詩人自身が自分の想像の基盤や様式として自覚している《井戸》――子どもや動物の話などが生まれる元型の井戸――から立ち現れてくるものを釣り上げてみたいと思った。そしてその方法として、私はこの「漁り舟(Fishing for Myth in the Poetry)」に乗船しているのだ。

『ヘンゼルとグレーテルの島』のあとがきに、以下の文章がある。「ある夏の日、「ヘンゼルとグレーテルの島」がぽっかりと私の意識の底から浮き上ってきた。私がまだ少女だった頃に亡くなった五才年上の兄とのあり得なかった思い出を、はじめて思い出す作業のようだった。その過程で兄は私自身の分身となった。夢の記憶のような絵の断片を磁石のように吸い寄せながら、その後いくつかの詩を書いた。一篇の詩を書くと世界が変って見えた」。

水野自身には兄二人と妹一人がいて（詩の中の「いもうと」には兄が一人しかいないが）、二番目の兄は太平洋戦争が終わった後、食糧難の時代に、結核で死亡している。旧制高校の三年生であった。彼の死は、少女期の水野にとってのこの上ない悲しみとなり、決定的なトラウマとなった。それは彼女のもっとも優れた詩の幾つかで重要なテーマとなっている。

『ヘンゼルとグレーテルの島』の「暗い楕円の大皿」のイメージからは、彼女の詩の一つが想起される。大皿は水野の作品の中にくり返し出てくるイメージである。「影の鳥」と題された詩は、性または死（あるいは両方）と食べることとの関係を暗示するもう一つの例だ。絶対的な孤独のもたらす陰鬱な雰囲気が、この超現実的な世界に満ちている。

影の鳥

鳥は死んでから
だんだんやせていくのです

町には窓がたくさんあって
夜になるとどの窓のおくにも
橙色の月がのぼります

でもお皿の上の暗がりには
やせた鳥たちが何羽もかくれています

鳥たちは
お皿の上にほそい片足を置いて
大きな影法師になって
月のない空へ舞い上っていくのです

死んだ鳥たちは

雨の降りしきる空で
びっしょりぬれた卵を
いくつもいくつも生むのです

そうして冷たい片足を伸ばして
沈んでいく月をのぞくと
深いところには
人間がいて
窓のなかで
ちぢんださびしい木を切っています

水野の詩の中で、鳥はもっともよく登場するイメージの一つであるが、その深く意味するものは、簡単には性格づけられないところがある。一九八七年に出版された第三詩集『ラプンツェルの馬』の一篇で、都会の中にある要塞の犠牲者としての、鳥たちの運命が取り上げられている。それは「月の鳥」という詩であり、ここでは子どもは観察者である。夢の中の情景のようでありながら、やがてそれが現実となってくる世界に、子どもは戸惑っている。

月の鳥

ベッドは月の空に小さく吊り下げられています　風が吹くとまだらの鳥たちの群がベッドの上を低くはばたいていきます　一羽の鳥の爪がシーツの暗いしわに引っかかってベッドが大きくかしぐと　子どもは寝返りをうちます　鳥たちのひんやりした足裏が子どもの背中をかすめ　うす赤い傷口をのこします　子どもは起き上がって窓をしめます

窓のおくには硫黄色の月が傾いています　街は無数の窓ガラスでできています　追突した鳥たちの叫び声が薄い窓に砕け　その波紋が子どものベッドをこきざみにゆらします　街の底へ落ちていく鳥たちの足跡を子どもは一晩中かぞえています　一つ　二つ　三つ…

おかあさん　どうして鳥には足があるの…
六つ　七つ　どうしてなの？

夜があけるとビルの壁を小さなゴンドラが這いのぼっていきます　清掃人のあかるい指先が窓に貼りついた羽毛の痕跡をすばやく剝がしていきます　それは花の化石に似ています　磨かれた窓ガラスのおくから冷たい青空があふれ出し　清掃人の口笛は少しづつ空の方へのぼっていきます　でも足もとのビルのすきまの暗がりには　まだらの鳥たちがうずたかく溜っていて　かれらの目は空にむかってひらかれています

満月の街の窓には子どもがひとり目をあけています　ベッドの上にももいろの足をちぢめてじっと街の底をのぞいています

一九七七年に出版された第一詩集『動物図鑑』の中の詩二篇で、すでに鳥たちの世界が恐怖、闇、そして突然の死という不吉なイメージを帯びていたことに注目してもいいだろう。この後の作品に現れる家族を枠組とした詩にはこれらの荒涼とした作品はほとんど見られない。では「鳥」を見てみよう。

鳥

空のまんなかで
凍死するのがいる

雹にうたれて
胴体だけで
墜ちてくるのがいる

ふいに
空で溺れかける

瞬間の鳥が
恐怖の足でつかむ
はじめての空

その空の深度へ
首はすでに
首だけのスピードで
落ちはじめている

死は「カラスの夜」にも現れる。

カラスの夜

夜明け前に
カラスが殺された
礫に打たれ
しわがれたカラスの気流にまきこまれ

暗い空から宙吊りにされ

森がざわざわ立ち上り
カラスが騒いだ
俺じゃない！
俺じゃない！

あえぎに満ちたカラスの夜
黒い点点の支え合う不安のサーカス
そこにだけ散らばり
そこにだけ吸い込まれていく
おびただしいカラスの渦巻き

森が黙ると
カラスの呪文がまた続く
仕方がない！
仕方がない！

遠ざかる空の炎を追って
わざわいを呼び
ひらいたり
ゆれたり
高く高く舞い上ったりしたのは
カラスたちが見た
ただいっときの夢なのか

夜明け前に
カラスが死んだ
黒い経かたびらをふわりと脱いで
カラスが一羽
石のように落下した

他の野生の生きものと同様に、鳥たちはわれわれの理解を超えた世界を暗示し、人の心を惑わせる。「灯台」は第二詩集の中で「ヘンゼルとグレーテルの島」連作に続く詩である。

灯台

真夜中の空に
雪が降りつづいています

鳥は　もう一羽の
相似形の鳥への
ひたすらな記憶によって
風の圏外へ飛び去り

魚類は凍てついたまま
聴覚の外を回遊しています

〈カタツムリの螺旋は暗く閉され〉

私は内側に倒れたローソクを

ともすことができません

そうして
残されたこの島の位置は
今　闇に侵蝕されていきます

灯台が倒れ、その明かりは消え、その場所自身が失われる闇の世界（解読できない地図は水野のもう一つのモティーフだ）、それは水野作品の多くに（あたかも偶然のように）見出される鳥たちの出没する領域である。

一方、彼女の舞台はしばしば家庭であり――それは台所である。これまで見てきた作品とは異質な詩、夏の光にあふれた詩の中で、女友だちの二人が電話で話をしている、そこでも偶然という感じが支配している。これは『はしばみ色の目のいもうと』の中の「とどく声（今日という一日に）」という詩である。

とどく声（今日という一日に）

（電話はときどき混線した…）
桃の実が熟れたので
今　煮ているところ…と
とぎれがちに友人の声が伝わってきた
「ジャムにするの？」
「コンポートにしようか…と」
「庭の桃？」
「そう…娘が生まれたとき、父が…に、植えた木。今年…たくさん…ったから」
声は遠ざかったり近づいたりした
桃の種類のこと
砂糖の分量のこと
ガラスびんの消毒法のことなどを
わたしたちはのんびり話し合った

（鍋のなかでは桃の実がやわらかくくずれ　甘酸っぱい匂いが漂いはじめているだろう　熟れすぎた桃の汁にまみれて

いた日なたのショウジョウバエたちは　いまごろ暗渠へと
流されてゆき　オナガたちが空っぽになった桃の木のこず
えで　名残りの蜜の味をなめているだろう　そのひとが電
話をかけているそんなありふれた場所のことをわたしは思
い浮かべていた）

「今日は…むし暑いわね」
「そう　台風が北上しているんだって…」
（この夏のうちにきっと会いましょうね）
そう約束して電話は切れた

＊　＊　＊

けれど約束は果たされなかった
…声は別の星からとどいていたのだ
その星はそのとき　すでに
何億光年かなたへと向かっていた

一本の桃の木と
亡くなったお父さんと
ちいさな夏の台所
それらをのせたまま
星は急速に遠のいてゆき　それっきり
声はとだえた

たぶん　そのとき
わたしの星も
宇宙のはてに
ぽっかりと浮かんでいたのだ
ただその一日の
うつくしい　偶然のように

さて、「蛇」という題の散文詩で、超現実的な夢の情景が戻ってくると、不安な日常が再び暗いものになってくる。この詩もまた台所で始まるが、今回の話し手は子どもである。自分のことを「ぼく」といっているので、この子どもは男の子だとわかる。彼には妹はいないらしい。そして彼は不可解な未知の世界を夢見ている。

蛇

台所の窓は小さくて曇っている　空全体も曇ってひびが入っている　ひびわれた空の下にぼくらの石の家がぽつんと見える

食卓の上に深鉢がならんでいる　一つ目の鉢はお父さんに　二つ目の鉢はお母さんに　三つ目の鉢はぼく自身に　でも鉢のなかみが思い出せない　食器のおくにかくれたぼんやりした暗がり　椅子にのっかってぼくは中をのぞきこむ　鉢の底は沼みたいに深い　沼底には蛇がいるとお父さんがいった　沼に近づいてはいけない　足のあるものは二度とそこからもどれない

日が沈むと沼はぼくの部屋から遠ざかり矢印の先の黒い一点になる　ぼくはこっそりブランコに乗る平行四辺形の真夜中のブランコ　歪んだブランコ窓をしめてぼくはブランコをこぐ　お母さんがみえる　大きな病気の鳥みたいにはねをたたんで　沼底の森の木にとまって　ゆれているさかさまのお母さん　沼が波だっている　道がよじれている　一筋の蛇の跡が沼の方へつづいている　ぼくはもう一度ブランコをこぐ　高く　もっと高く　そうしてぼくは手を放す　お母さんのいる沼へむかって　ぼくは墜ちつづける　いつまでも　いつまでも

お母さんが晩のおかずをきざんでいる　包丁の音が子守唄のように石の壁にひびいている　〈だあれかさんのうしろに　へびがいる〉　ふりむいてぼくは石のとびらを押しあける　〈だあれかさんのうしろに　へびがいる〉　ふりむいてぼくはまた石のと

びらを押しあける　ぼくは押しつづける　何枚もの
あかずのとびらを　すると夕ぐれのずっと奥の方で
お母さんがおなべのふたをとってのぞいている　煮
えたかどうだか　ぼくには見えない　なべの底が見
えない　ぼくは背のびする　ぼくの足が草をふみし
だく　草の匂いが立ちのぼる　ひなたの熱い草いき
れのなかにぼくのひとりっきりの部屋がある

「皿の底の暗がり」は、なぜか私の心の中で水野の詩の核心にひそむ謎を意味するように思われる。この深鉢、この沼には確かに何か禁じられたものがひそんでいる。私たちを取り巻く日常生活は、暗くて透明な膜で覆われていて、私たちの普通の生活を不思議なものに感じさせ、私たちに付きまとい、私たちの夢をかき乱す。それは子どもが見る世界であり、蛇や、矢印や、沼という性的なシンボルは、おとぎ話の世界に出てくる例やパターンを根本からくつがえすような無心なシュルレアリスムによって、夢のパズルへとおのずから統合されていくように見える。と、同時に水野作品の典型なのだが、母親の遊び歌「ゆがんだ真夜中のブランコ」——足で高く漕いで放す動作——などは、妹と兄ではなく、親と子の関係にひそむ、漠然としたものではない、ある確かな官能的緊張をもたらす深層を伝えている。

「沼地」と「蛇」は、D・H・ロレンスの詩「河の薔薇（River Roses）」（ロレンスとフリーダは氷の沼地を見渡しながらモミの木の高みに坐っている）のもつ独特の官能的魅力について水野自身が書いた一文の中にも述べられている。その詩は次のように終わる。「蛇がやるようにやろうよ／この沸きたつ沼地のほとりで（Let it be as the snake disposes/Here in this simmering marsh,）」（関口篤訳[*13]）

蛇については、第三詩集『ラプンツェルの馬』の中にある散文詩の終連部で再び触れられている。この詩にも母親と息子といっしょに象徴的な山羊が登場する。少年は詩の中でアランと呼ばれている。水野の発表した一文によると、アランは空中にじっと浮遊していて、この宇宙のすべてを受容する理想的な姿勢を表している。だが山羊の方はそれに反し、強く地に根を張り、足をつける身体的存在である。[*14] 母親は実際的で、子どもの才能というキノコを単なる食べ物としてむしり取ってしまう。子どもはその天性の能力すら剝ぎ取られ、熱にうなされ、夢の犠牲者となる。詩の題は「五月のアラン」である。

五月のアラン

朝　アランは空の下でガラスの風船を手にしている　少年アランの足は地面からわずかに

浮き上っている　いくら駆けてもアランの足は大地に追い着かない　風がニセアカシアの花を散らしている　アランはかすかにみぶるいする

〈山羊が地平線に大きな顔をのっけて　こちらを見ています〉

午後　アランの耳の中から短かい茸が生えてくる　うす茶色のかわいた植物たちは傘をつぎつぎにひらきながら低い声で話し合っている　蛹たちの羽化の速度や胞子の飛翔の角度について　足長蜂の呼吸法について　アランの脳ずいにはひそやかな菌糸の迷路が拡がっていく　アランのからだは空中にうかんだ木片のように動かない　風がアランをそっとゆすっている

〈山羊が知らん顔で　太い角をみがいています〉

お母さんが裏の戸をあけてアランの迷路に入りこんでくる　その歩行は蛾の羽音に似て速い　背のびしたお母さんはアランの耳から一つずつ茸をむしりとっていく　アランの耳はだんだん裸になり　お母さんの手籠はどこまでも大きくなる　アランは草色の耳をふせて夕やみのなかにとりのこされる

〈山羊がうずくまって　こわれたラッパを吹き鳴らしています〉

夜　アランは発熱している　アランの内臓にはニセアカシアの森がしげっている　森は雨

だ　ぬれた葉むらがアランの皮膚の内側でざ
わめいている　アランはねがえりを打つ　蛇
はえものを仕止めたかしら　栃の根もとの巣
穴はやっぱり暗いのかしら　森はだまって花
穂を落している

〈山羊が向うをむいて　毛ばだった背中を
舐めています〉

『ラプンツェルの馬』に載っている別の詩にも、容れ物の中の闇が再び登場する。その詩は、死について、記憶について、書かれている。題は「夏の窓」である。

夏の窓（死児たちに）

おばあさんが窓辺で受話器を耳にあてていま
す　遠い夏のダイアルです　電線にはぼんや
りと雲がかかっています

風がカーテンをめくると海が騒ぎます　海の底は深い夏です　海藻の林で蟬が鳴いています　Geem Gee Geem Gee Geem Gee Gee　その声はあかるい地上にまでとどきません　男の子がひとり…またひとり…うす青い竿を手に林のおくへ遠ざかっていきます　（それともあれは銃でしょうか…おばあさんが背のびして見送っています）

ベランダに女の子が腰かけています　入道雲の近くです　パセリ畑で遠雷が鳴っています　雲のあちこちで火花が散りはじめます　「いそいでお帰り…　あんたの家が燃えてるよ！」　テントウ虫がくり返し歌っています　女の子は本を伏せて立ち上ります　よみさしの絵本の奥はまっくらです

激しい雨が降りだします　（おばあさんが傘をさがしています）　雨がやむと水たまりに赤いくつが沈んでいます

夕やけのバケツの中でおばあさんが子どもたちの足跡を洗っています　足跡はだんだん水底へ消えていきます　底はとっぷり日暮れです　おばあさんは腰をあげて子どもたちの重い影をしぼっています　いくらしぼってもかわきません　ぬれた影が一晩中ベランダの窓でゆれています

夜がふけました　風のカーテンは深くたれています　だれも戻ってきません　おばあさんは受話器をおいて夜ふけの階段をのぼっていきます　窓に黄色い半月が貼りついています

おばあさんは他に何を思い出すのだろうか。水野は、グリム童話の『ラプンツェル』の物語を下敷きにして、記憶あるいは幻想の層の中へ分け入っていく。ラプンツェルは、無垢なるものの理想であって、愛情と引き換えに母親に身ごもられ、生まれた女の子である。この女の子は、魔女によって、扉も窓もない塔に閉じこめられ、決して愛を知ることのない運命におかれるが、恋人がやってきて世界をひらいてくれる。若い女性の強いられた処女性からの脱出という物語が、この話の根源にあると思われる。水野はこの物語をもとにして、予測したり、待ったり、不思議に思ったり、怖れたり、疑ったりする「時」を表現している。これは数えきれないほどの世代にわたって演じられてきたドラマである。このテーマで書かれた水野の詩に「ちしゃ畑で――ラプンツェルより」という題の詩がある。

ちしゃ畑で――ラプンツェルより*

おばあさんがねむっています　うすいまぶた
の裏がわには空がひろがり　空は一面のちし
ゃ畑です　夕ぐれの底に蔦におおわれた塔が
あり　塔には昇る階段も入口もありません
それは空に沈んだ深い井戸のようです

塔のてっぺんに少女がうずくまっておさげの髪をほどいています　長いかみの毛ですおばあさんの　おばあさんの　またおばあさんとおんなじに　それは痛いロープとなって　魔女のちしゃ畑から　ざわざわといろんなものを釣りあげるのでしょうか　たとえば…めんどり　たとえば…干魚　そして何より暗い草いきれの匂いをたてる若者のひとりか　ふたりを…　少女は手を休めることができません　ほどいても　ほどいても　少女のかみの毛はのびていくのですから

〝ラプンツェルや　ラプンツェルや
おまえのかみを　たらしておくれ〟

少女の手が無心にかみの毛をほどいていきます　少女の目は塔のかなたの森をみつめています　森は息づいています　指だけが白く月光にぬれて　それは鎖をほどくようにわれしらず少女の内部から見えないかみの毛を引き出していきます　やがてかみの毛は金色の川となって　ゆっくりと窓の下の闇へ流れおちていきます

〃ラプンツェルや　ラプンツェルや
おまえのかみを　たらしておくれ〃

だれかが呼んでいる気がして　おばあさんは夢のなかから頭をもたげます　しんとした窓の外では風が吹き　くり返し　ちしゃが生えちしゃがのび　ちしゃがしおれ　また小さなちしゃが生えかけています

＊ラプンツェルは、ちしゃの意で、また少女の名（グリム童話より）

水野の詩集には、それぞれ興味深いあとがきがついている。『ヘンゼルとグレーテルの島』のあとがきを読むと「彼女の中で睡っている」子どもの人物像を知る手がかりが得られる。「直接的で、感触でしか語り得ない、生の混沌の部分。そこに存在の根を浸すことで、たえず伸びようとする宇宙的、植物的な力が個の内部にはひそんでいるような気がする。私にとっては、これ以外の表現では翻訳も通訳もできなかった沈黙の世界——この日常の土壌——の片隅にはいつも影のように一人の子どもが佇んでいた」（あとがきの一部より）

子どもが母親に対してひどく暗い感情を抱くということが、水野の詩の中でしばしば見られるが、それは読者の心を落ちつかないものにさせる。グリム兄弟の暗い森の世界もまた同じように読者の心を落ちつかなくさせる。グリム兄弟の本はかわいらしいお話の本ではないのだ。[*15]

たぶん、母と子の関係を扱った水野の詩の中で、一番私の心にひっかかって離れない詩は「灰色の木」である。

灰色の木

木の描き方を教えたのはお母さんだ
湿った日暮れのスカーフをひろげて　生れた子ども
をすっぽりかくすと　お母さんはうすら寒い夢の底
へ降りていった　灰色のクレパスだけを持って　背
の低い木がまばらに生える道を

灰色の丘のはずれに　ひわ色の鳥たちの群がしき
りに湧いていたが　お母さんはひっそりと涙の谷
へおりて　子どもの小さな靴を片方落してしまっ
た

もうどこにも行けないよ　どこにも行けないよ
子どもははじめて泣き方を習いながら　お母さん
のはだけた胸の奥に灰色の鳥の卵を見つけた

お母さんの長いすすり泣きの中を　やがて灰色の

大きな鳥が飛び立っていく羽音がした　まっすぐな細い頸と　餓えた鋭いくちばしが見えた

大きくおなり　大きくなって　秋には一本の木におなり　あの鳥が荒れた空からもどってくるまでに　おまえは大きな木におなり　とお母さんは子どもの素足を抱きしめて云った

秋になった　はだかの木が丘のふもとに立っていた　枝を切りつめられ　蝉のぬけがらも取りつくされて　木は風にふるえていた　わずかな灰色の葉の先端で　木はけんめいに荒れた空へ近づこうとしていた

何枚も何枚も子どもは木の絵を描いた　木がのびると空はもっと遠くで荒れていた　いくたび夢からさめても手には灰色のクレパスしかなかった　子どもはそっと指を切って　葉かげに一粒の赤い実をつけ

た　血はすぐ乾いて黒くなった　だが鳥はやっぱり
来なかった　青白い顔で子どもは木の絵を描きつづ
けた

暗い絵ね　とお母さんがのぞいてつぶやいた

この詩の名状しがたい無情な悲しみは、確かに夢のもたらすある種の悲しみである。夢を見る人は涙の中で目覚めるのだ。シャルル・モーロンも、こうした夢のあるものは、「涙の目覚めと、無限の悲しみをもたらす」と述べている。親子関係のことでいつもおびやかされているという、贖罪意識に思いを馳せるかもしれない。そのような夢のもつ力は、ある部分、まさに論理的説明では解き明かせないところにある。読書や絵を描く行為を子どもにしつけ、その結果子どもが本質的に孤独な喜びや楽しみに引き込まれることとなり、子どもとの間に壁をつくる結果となった経験をもつ母親は一人や二人ではないだろう。しかしそのような見方は、神秘的な耐え難い悲しみ[*16]に向き合うには、あまりに浅薄である。

孤独な子どもの世界、物の怪にとりつかれたようなその恐怖の世界は、パウル・クレーの画に触発された詩篇にも現れる。ここにも鳥たちと母なるもののイメージが描かれている。「影」という作品である。空へさかさまに落ちていく涙はクレーの画の中のイメージそのままである。

影――クレー〝冬のイメージ〟より

雪が一日中降っています
子どもが窓からのぞいています

木は貝類のほのぐらい夢のなかから
ほっそりと身を起し
さびしい触手みたいに
吹雪の中でゆれています

〈ゆきの底には
大きな水色の貝が死んでいるよ……〉

鳥は銀のほうきの一閃で
翼と足をもぎとられ
まっ白い調理場へ

さかさまに投げ込まれていきます

〈おかあさん
　おかあさん
　ぼくを助けて……〉

灰色の分厚いカンヴァスのおくへ
子どもの声が吸い込まれていく夕刻

一粒の涙が
大きな黒い影をひいて
空の深みへ落ちていくのです

鳥と卵は、水野の詩にたえず立ち現れてくるイメージである。また別の詩では、ある超現実的な家族の肖像が描かれている。父親と祖母と（すでにみたように、おばあさんとは、老女と祖母の両方の意味をもつ）は、水野の作品にくり返し現れるものだが、この詩では父親の影である馬までをも含む家族である。題は「卵」。

卵

お母さんが台所で昼の火事を消しています　オーブンの中にオレンジ色の空が焼け残っています　空の下には食卓があって　お父さんが後向きになってオムレツを食べています　背中はとっぷり日暮れです　お母さんが燃えさしの日めくりを剝いでいます　お母さんは素足です　灰色のエプロンのかげで鳥たちがしきりに卵をうんでいます　巣の中に月がのぼります

子どもたちが卵の中で夢を見ています　子どもたちのうっすらとした眉や口のありかは遠い枝や雲と重なって見分けがつきません　卵の中はみどりの暗がりです　子どもたちがみじかい手や足で生れる練習をくり返しています　ある子どもは蛇になりかけ

ある子どもは魚になりかけています　子どもたちの胴体はすでに暗いのです

おばあさんが卵のなかをのぞいています　おばあさんの指は月の光に透きとおっています　ある卵には雨が降りしきっています　ある卵には羊歯類がはびこっています　ある卵は砂嵐です　どの風景も一つずつちがいます　でもおばあさんが卵をそっともとの位置にもどすと　卵はみんなそっくりです　ひっそりと寄り合って満月の中へ傾いています

お父さんが影をひきずって起きてきます　影はぬれた馬に似ています　馬はいうことをききません　くたびれたお父さんは窓のそばで卵につまずきます　卵はかすかな音をたててつぎつぎにこわれていきます　子どもたちの溜息がぼんやり残っています　でもお父さんは気がつきません　うなだれて窓辺に立

っています　馬がお父さんの影をまたいで満月のベッドへもどっていきます

ユングは馬の元型について次のように述べている。「馬は人間の心理のなかの人間以外の領域のものの魂や、人間に近い動物の側面、無意識の領域を表す。馬は下半身とそこから生じる動物的衝動を象徴する」[*17]。また「死を予告する黒い夜の馬たち」[*18]についても述べている。こうした解釈がこの詩の展開とまったく無関係とは思われない。馬は父親の影として描かれているが、それは父親のより暗い自己の内面を表すのだろうか。父親はオムレツを食べ、さいごに卵たちを（偶然に）こわしてしまう（その中では、子どもたちが生まれる練習をしているのだが）。父親は困ってうなだれているだけだが、馬はベッドへ戻って寝る。

この詩の中のもう一つの印象的なイメージは卵そのものである。中空の、球状の物体は、水野の作品において、しばしば生をはらむミニチュアの世界となる。ユングは、生命の緑の子宮"Green Womb"（クンダリニー・ヨーガにおけるシヴァ神の用語[*19]）として、大きな透明な球のもつ意味を認めている。

水野は、ある作品でキャベツの内部世界を描写している。そこはキャベツ自身の太陽をもつ完結した世界である。その内部では小さな男がむちを（あるいはトランペットを？）手にし、繭の中から馬たちが孵化してくる。それは「春のキャベツ」という作品である。

春のキャベツ

それはところどころ
大気の中へ薄れかけていますが
草の繊維で編んだ
長い梯子をのぼっていくと
空のすきまから
キャベツの内部が見えることがあります

それが春ならば
緑いろの厩舎の奥で
馬たちが
蛾のように孵化しています
透きとおったひづめが
卵の殻の内側を

しきりに掻いていて
羽毛状の触角が
空の方へ伸びかけています
（キャベツの一日は途方もなく長く……）
麦色の太陽が廻る
太い芯の上に
小さな男が腰かけています
手にぼんやり握っているあれは……
ラッパでしょうか
むちでしょうか
男は百年の間もそこで番をしていますが
キャベツはまだゆっくり熟しています

もし耳をすますなら
天空のどこかで
たえず葉の捲いている音がして
キャベツの芯の部分は

星雲のように暗いのです

「春のモザイク」という作品では、再びこれらのモティーフの多くが生かされている。表現は客観的であり、描かれる事物は怖く奇怪で超現実的である。

春のモザイク

うすい卵の殻の中で　子どもたちが首をのばして緑色のお皿を待っています　春が近いのです　でも調理人が忙しいのか　なかなか到着しません　胸騒ぎのする親たちがレストランの片隅にうずくまってさっきから時刻表をぱたぱためくっています

待ちくたびれたおばあさんたちが　鳥のかっこうで茶色いとびらに近寄っていきます　把手を引くと冷凍庫のなかは春一番です　一寸先も見えません　鳥たちははばたきながらたちまち雲のおくへ吸いこま

れていきました　空いっぱい灰色の声がこだましています　町は大きなお皿にのって正午の方へ運ばれていきます　ひびの入ったお皿です

裏庭でキャベツが繁殖しすぎています　ままごと遊びの子どもたちが畑につながれたお父さんの馬の首を切っています　とても静かです　馬はうなだれて喉の奥からゆっくりと赤い煙を吐き出していますカラスが空で嗅ぎつけています　危ない午後です

おばあさんが駆け寄ってアドバルーンを引きおろしています　おばあさんは家鴨の足をしています　戸棚の暗がりでたくさんの家鴨の子どもが孵りかけています　まだ目があきません　お母さんが両手をつっこんで卵を一つ取り出そうとしています　両手の先は見えません　春はまもなく夜です　お父さんが帰ってきて蛇口の下で小さな舌をすすいでいます

この作品は、夢の物語の気まぐれで非論理的な展開をもち、それは一貫して親子関係の底に横たわる根本的な疎外と巧みに結びつけられている。食べられるものとしての子どもたちは（それはグリムのヘンゼルとグレーテルの物語のテーマでもあるが）、水野の作品にくり返し現れる。ヘンゼルとグレーテルの魔女殺しは、ここでは馬の殺戮と重なる。しかし父親が舌をすすぐ行為もまた（ほかには説明のしようがない）威嚇的と思えるほどに、暗示的である。

『ヘンゼルとグレーテルの島』の最後から二番目の詩「影のサラダ」では、より複雑に、食べるものと食べられるものについて述べられている。

影のサラダ

夕やみの食卓で子どもたちが白いアスパラガスを食
べています　やわらかいサラダです　すぐくずれて
しまいます　たべてもたべても足りません　子ども
たちの指はうすい紅色です　ひょろ長い足が食卓の
かげでしきりにゆれています　紅色の足です

おばあさんが裏口にしゃがんでいます　くぼんだ手のひらみたいな野菜畑です　星が沈んでいます　鳥がおちています　荒れたさびしい広さです　遠くでまばらな野菜がちぢれています　夜の収穫はありません　おばあさんが腰をのばして立ち上るとうす茶色の犬が何匹も風のように通りぬけていきます

お父さんが門を出ていきます　鉄砲を背負っています　青銅の馬が立ったままお父さんを見送っています　馬の目は冷えています　空には白い鳥がむらがっています　鳥たちは煙のような声で鳴いています　子どもたちが寄り合って見あげています　銃声はいつまでもひびきません　食卓に落ちてくるのは羽毛ばかりです

お母さんが耳をかたむけています　耳のなかは雨で

す　雨は灰色の島をぬらしています　島にはちいさな男がいます　暗い多産な男です　島はうすみどりの柔かい赤ん坊がふえつづけ足のふみ場がありません　お母さんは困っています　芽のうちに摘みとってこっそりお皿に盛っています　薄くて苦いサラダです　食卓で子どもたちが待っています

詩集『動物図鑑』で、暗い男・狩人・父親という対象に、焦点がぴたりと絞られている詩がある。「キッツキ」という詩では娘と父親の絆が焦点となる。

キツツキ

森の窪地に
一羽のキッツキが迷いこんだ

暗くなると
女の子は背が伸びてくる

しなやかなその指先で
卵の殻をめくりとり
鳥を誘い出す笛をつくる
吹口にお父さんの握りこぶしをはめこんで

夜の森で
女の子は長々と笛を吹く
お父さんを呼び出すために
お父さんは夢のなかに閉じこめられて
ひなどりの羽をむしっている
大皿にスープを漉してから
女の子の血をひとしずく絞りとると
やがて大きな鳥になる

女の子はつばさをひろげた大きな鳥を
夜の木のうろに誘い出す
女の子は巣のなかで鳥に孵る

森の髪の毛に顔を埋め
草色のまぶたを閉じた大きな鳥に
女の子はぴったり寄りそうと
容赦なくつつきはじめる

夜が明けるまで
森の窪地で
一羽のキツツキが
自分の骨をつついていた

この詩の中のアニムスは、シルヴィア・プラスの作品と一致しているのは確かだが[*20]、水野の詩の場合、プラスを論じるのと同じような、伝記的な読み方を採ろうとは思わない（不思議な偶然で、水野とプラスと私の三人は同じ年に生まれ、プラスと私は誕生月も同じである）。この詩については少なくとも次のことが言えると思う。それは、怒りというものがどれほど残酷に自分自身に跳ねかえってくるかを、この詩が伝えていることだ。水野は一九八三年のインタビューで、「無垢は、残酷さに通じますね」と語っている。[*21]

『ラプンツェルの馬』の中には、父・娘のテーマへ回帰しながらも、まったく異なった手法でそのテーマを扱う詩がある。そこで問題となるのは、父親というより母親である。「父の神話」という作品で、副題の「オオカミと七ひきの子ヤギ」がグリム童話を基にしていることでも明らかなように、[*22]元の童話の、オオカミが、母親が出かけている間にヤギに変装して家に入り込み、七匹の子ヤギのうちの六匹を食べてしまうという話が思い出される。一匹だけがおじいさんの柱時計の中に隠れて助かる。その後帰ってきた母親は、オオカミの腹を切り裂いて子どもたちを救い出し、その代わりに腹に大きな石ころを詰める。犠牲者を貪り食ったあと、オオカミは、目を覚まし、井戸に落ちて溺れてしまう。水野の詩は、それとは異なる。以下、「父の神話」を読んでみよう。

父の神話——オオカミと七ひきの子ヤギより

幻の檻の中に坐って母は一人娘に語っていま
す　その声は物哀しい子守歌にも似ています
おまえは七人兄妹の末っ娘でした　兄さん
たちはとびきりのまっ白い毛並みをしてい

たの　ある子はだれよりも高く跳べた　ある子はだれよりも歌がうまかった　ある子はだれよりも鼻すじが通っていた　あたしは幸せな母親でした　それなのにある日あたしの留守にあのオオカミがヤギのふりをして入りこみ　あの子たちを食べてしまったのです

（お母さん、お母さん、お父さんと七匹の子ヤギごっこをした日のこと？）

その時おまえだけ柱時計にもぐりこんで助かったなんて　あれは嘘です　ほんとはおまえだけがあのオオカミの血を受けた娘だからよ　森のはずれであのオオカミに襲われて　あたしが心ならずも生んだのがおまえなんだから

（お母さん、お母さん、でも私の毛皮も
ほら　ヤギの毛皮よ……）

食われてしまったあたしのかわいい子ども
たち　あの子たちを救おうとあたしはオオ
カミの腹を引きさいたわ　でも腹の中から
出てきたのは大きな石ころばかりだった
あの子たちはどこへ行ったの　消えてしま
ったあたしの夢　あたしの一生は不幸せで
した

（お母さん、お母さん、それからオオカミ
はどうしたの？）

母は何も答えず一人娘の手をにぎっています
幻の檻のある場所には　陽が照り　風が渡り

いつかこのあたりで一頭のオオカミが惨殺さ
れたなんて　そんなこと信じられないように
明るいのでした

フォークナーの信奉者は、その多くが暗い秘密のゆりかごに籠もっているような印象があるのだが、それと同じように、このおとぎ話では、疎外という地下の根が提示され、その根っこは水野の想像力のみずみずしい森を養っている。水野自身による解説で、この詩は意識に映し出された自分と母親の関係であって、「女性が生きのびるためには、数限りないオオカミたちが、このようなやり方で心理的に殺戮されなければならない」と述べている。[*23] しかし私の見方からいえば、この告白はあまりにも率直で、またあまりにも窮屈である。そうではなく、この詩は「意識」と「潜在意識」の関係について、興味深い問題を提起していると考えられるだろう。創造力は、後者（潜在意識）の領域にあるのではないか、と私は考える。そして実際、この詩のテーマについての水野の発言の多くは、私のこの考え方と一致しているように思われる。これは、どのように読みとろうとしても、「無垢」を根底からひっくり返すものである。「キッツキ」における非常にはっきりした敵意が、ここでは母親のもつ敵意に変わる。父親、「異類」の父親（野生の雄）は、生贄として犠牲者となる。人は詩をとおして癒されなければならないだろうが、それは水野の世界のどこに見出されるのであろうか。

さて、象という形象へ、「ヘンゼルとグレーテルの島」連作へと戻ってみよう。二番目の詩は、「ドーラの島」というタイトルである。

ドーラの島

ドーラを捜しに行こうと兄がいった　ドーラは島の
象だった　島は日没の近くにあった　島のまんなか
に一日分の空があり　空は町をかくしていた　町は
窓をかくしていた　兄は病室の窓から森かげへ去っ
たドーラの行方をみつめていた　ドーラは逐われて
いた

兄はいった　ドーラは世界の幼ない原型なのだ　象
から鳥に　鳥からトカゲに　トカゲから貝に　貝か
らヒトに　たえまなく送られてくるらせんの音階が
見える　ドーラから発信され　無限につづく緑色の

母音の系列はまたドーラの耳に還ってゆく　ドーラは聴いている　ぼくらの内なる〈ア〉をざわめかせぼくらのさまよう〈イ〉をいざない　ゆるやかな母音のリズムが球形の空をめぐっているのだ

島は夏の終りに向かって流れていた　象たちは次第に狩りたてられ　こわばって　パンになり　むちになり　椅子になった　ドーラの思い出だけが二人を共犯者にした　置きざりにされたまるい手や足の間を二人はひそかに歩きつづけた　ゆきくれた象たちは崖の上で瘤の多い植物に変った　V字型の岬にひからびた象の木が一本横たわっていた　乾いた砂礫に半ば埋れた木は年輪もなく果実をつけることもない　まるで鉱石のようにみえる　風の暗い日　浜辺は象たちのとぎれがちの悲鳴で満たされた

大人たちが兄の死を予告した　島の中空で世界がこ

われたオルガンのように鳴りひびいた　夏の間ドーラを捜しながら兄と私は粗い毛の生えた灰色の耳のありかへ少しずつ近づいていった　蘚苔類におおわれた冷えた聴覚の片すみで道はゆきどまった　ききなれたすべての言葉と音の破片が激しい流砂となって　漏斗型の大きな耳の底へ吸いこまれていた　世界は無音になりドーラの軌跡はそこでとだえた

真空のなかに私の心臓の音だけがひびいていた　それが空をめぐるただ一つのリズムだった　夢の中へもう一つの夢からさめていくように死の傍は暗かった　兄の目が私をじっと見ていた　私を通して背後の窓を見ていた　日没の窓で海が泡立ち　ドーラの島がその中へ沈んで行った

世界の在るべき姿、世界がまっとうであることは、この「原型としての動物」に明白に表現されていて、そのとてつもない大きさそのものは、幼さを表している。狩り立てられて石のようになっていく木々、さまざまな形に変容していく象たちの運命は、子ども時代そのものの運命と結びついているに違いない。象は、水野の創世記では、神の最初の創造物である「草を食む一頭の雄牛」（つまりビヒモス）を無害にしたものとみられ、レヴィアタン[*24]もまた、その大きさ故に水野の愛をとらえている。

喪われたクジラへ（部分）

わたしはあなたが好きだ
海の星屑の　貝やフジツボにいろどられて
闇からはぐれおちてきた
あなたという大きさが好きだ
ぬれたあなたの肌に耳をおしあてて
私ははじめて
塩からい宇宙の鼓動に触れたのだもの
まぶしい空と砂のあいだで

詩集には収録されていないが、彼女は詩「喪われたクジラへ」を書いている。Genesis（創世記）は「ヘンゼルとグレーテルの島」連作の第四番目の詩「象の木の島で」で再びとりあげられる。ここでは、無垢というものが終焉を迎えることが再び暗示され、象の運命と兄妹の運命が一つとなる。この詩には水野の描く世界――動物が（子どもたちと同様に）捉えられていく罠のような世界像――を示す鍵となる詩句が見出される。その光景は、ここではハムレットの終わりの場面、ホレーシオへの嘆願「私の話を伝えてくれ」を思い起こさせ、悲劇の様相を帯びる。

象の木の島で

島の形は日によって変った　雲の分量により　窓のひらく角度により　椅子のおかれる位置により　あるときはひとでのように拡がり　あるときは巻貝のようによじれ　あるときは砂の一粒のように小さかった

部屋は階段の上にあった　階段をいくつものぼっていくうちに日が昏れて　部屋は暗がりの中にぽつんとおかれていた　兄は細長い窓を閉ざして灯をとも

し島の内側をのぞいていた

月明りに巨大な象の木が一本立っていた（追われた象たちは島の上に立ちどまり少しずつ木になっていった）　木は砂色の岩の底から太古の記憶を吸い上げて二人に語った　灰色の大きな葉が砂まじりの風の中でさらさら鳴ると　木はラングという象になった　ラングは身をすくめてひっそりと立っていた

ラングの肋骨の間を風が吹きぬけて幾条ものさびしい冬の音階をつくっていた　それは言葉になる以前に失なわれた遠い生きものの声を思い起こさせた

ラングはうなだれて語った

海に向かってひらかれていた世紀があった　牙の生える前の生きものが大きくて豊かなからだを伝えようと生れてきた　それははてしない空からの粒子をひそめていた　どんな大海に沈んでも濡れることは

ないのに　一粒の水滴にも溺れることができた　風の中を太陽にむかって飛び　全身からオレンジ色の匂いを立てた　海の象のようで　空の鯨のようでまだその名を呼んだものはいなかった　ただ一回きり　ただ一頭きりの生きものだった　その生きものは　もし一千日の陽光があれば一千ともう一通りの呼吸の仕方ができた　それは熱い世紀だった

それからラングは語った　陸地での乾いた長い世紀のことを　虚空に吊り下げられ　ひからびていったさまざまの形の肉や血のことを　つながれて見世物になったたくさんの声のことを　大きな葉っぱみたいにむしられ棄て去られた耳のことを　捲きとられ人目にさらされた舌のことを　生物学のコンクリートに埋められた数知れぬ足跡のことを　この世界と同じ大きさの見えない檻の内部のことを　その声は風となって幾晩も島の窓ガラスをゆすった　石や草

や動物たちがかれらの境界をこえてお互いの近くにうずくまっていた

島が冷えはじめた　大人たちが象の木の近くで群れうごいた　夜ごと四角い大きな影が窓いっぱいにひしめいた　島にはロウソクも薪も足りなかった　ラングの樹皮は剝がされ燃やされ　その火が一瞬窓を照らした　幹は根元近くから伐りたおされ　やがて木は皺の多いかたまりになり　灰色のベンチになった　夕ぐれに子どもたちがその上に腰かけ　子どもたちもそのまま木の部分になっていった

島は黙りこみ小さな部屋は凍えてきた　餓えた鳥たちが窓の高さで島を横切っていった　翼が凍りかけ鳥は砂の堤防をこえて海の方へ小さな卵を運んでいた　兄と私は闇の奥に寄りそったまま　ラングの立っていた灰色の地層へ無数の気根を下していった

どこからかはじまった氷河の時代がすべての生きもの
の記憶を再び闇にむかって封じこめはじめていた

ぼくたちもいつか一本の木になるのだと兄がいった
木は切られて椅子と火になるだろう　椅子も火も遠いところまで象の木の物語を運んでいくことができる　凍てついた窓の内側で雪が降り出し　雪は抱き合った私たちの上に深く積もりはじめた

「世界と同じ大きさの見えない檻」は「皿の底の暗がり」と同様の表現であり、水野の創作と想像力の手がかりとなるものとして私の心に響く。彼女にとって、詩は、無垢（天真爛漫）と、それを失った人間の状況に対してだけではなく、人間以外のものの苦境に対しても向き合っているのだ。それはまさに村上昭夫の『動物哀歌』の影響だと考えてよいだろう。[*25] 彼女の初期の詩集は動物についての詩である。

「動物たちは今も私にとって、天と地が分かれて以来、魔法をかけられたままの不思議な存在です。かれらはこの世にあまねくゆきわたる沈黙を、そのさまざまの形でさりげなく覆いかくす怪しい力なのです」と水野は『動物図鑑』のあとがきで述べている。また『ラプンツェルの馬』のあとがきでは、「時間・存在・消滅」が、彼女にとっての主要なテーマであると述べている。
水野の環境問題に向ける危機意識が、その作品を通底しているのは明らかで、それは常に超現実的な夢の情景に溶け込んでいるのだが、詩「喪われたクジラへ」におけるように、直接触れられてもいる。「ヘンゼルとグレーテルの島」連作の第三番目におかれている詩「モアのいた空」という詩は、絶滅した巨鳥モアのイメージに焦点を絞って書かれている。この詩は他の詩と異なり、兄によって語られている。

モアのいた空

幼ない日にはよく風が吹いた　風が空の堆積物を吹きはらうと　鳥たちの足あとが見えてくる　ぼくと
妹は足あとから一羽の鳥を探す遊びが好きだった
空色の画用紙いっぱいに妹はさまざまの鳥の形を描いた　太い脚と長いくび　また太い脚と長いくび
妹の描く鳥にはどれも翼がなかった

鳥は夜になると四角い画面をぬけ出して夢の中へ入

ってきた　そのおおらかな背中の線は巨鳥モアのりんかくにぴったりと重なった　モアはしばしば妹の夢のなかへぼくを連れていった　夢の奥はぼんやりと広がり　たくさんの砂色の子どもたちがさまよっていた　どの子も妹にそっくりだった　かれらは大きな目と鳥の脚をしていた

ぼくらはモアのことをよく話した　翼の退化した鳥モア　空をなくした鳥モア　モアのたどりついた大地はきっとひどく高価でさびしい場所だったのだ火とハンターと翼のあるワシたちがかれらを沼地へと逐い立てた　五万年前のある一日　モアの親子が一組の足跡を砂岩の上に残している　その日から底無しの泥泉へ向けて　かれらはどんな曲線をえがいて滅びていったのだろう

ぼくらは沼とモアとの間に位置を占め　とぎれた歩

行のあとを一本の線でつなぐ遊びをした　ぼくは火と氷と欲望の弓矢をモアの視界に置いた　妹は透明な一枚の地図の上で風のやんだ空を見あげていた　瞳のおくで空が藍色に深まり　ちぎれた昆虫のはしきれが小さな火となって燃え上った　そのとき妹は瞳の底の短かい夕焼けの方向へくっきりと一本の線をひいた

大人たちははんぱな子どもたちを階段の下へ追いたてた　子どもたちは暗がりに白いクレヨンみたいにあおざめて寄り合っていた　かれらは大きな目をあげて昔空のあった場所をみつめていた　ある夜ぼくは見た　たくさんの子どもたちが鳥になりかけたまま階段をのぼって　つきあたりの窓から空の中へ一列になって入っていくのを　そしてぼくはその日から妹を見失なった

＊＊＊

幼ない日には窓をあけると空の内部が見えた　空の底には滅びたモアたちの骨が星のように重なっていた　夜明けと夕暮れとがはげしく交代して　昼のするどい星々が傷ついていた　そしてぼくらもまた小さく廻転しながら　見えない鳥たちの軌道の上をゆっくりと動いていた

また、近年水野は葉書の詩の連作を発表していて、そこでは絶滅した鳥や動物が描かれている。その中の一つが野生の巨牛オーロックスに捧げられている。それは「オーロックスの頁」という詩である。

オーロックス＊の頁

この地上が　深い森に覆われ
その中を　オーロックスの群れが

移動する丘のように　駆けていたころ
世界はやっと　神話のはじまりだったのか

貴族たちが　巨大なその角のジョッキに
夜ごと　泡立つ酒を満たし
ハンターたちが　密猟を楽しんでいたころ
世界はまだ　神話のつづきだったのか

やがて　森は失せ
あの不敵な野牛たちは滅びていった
うつろな杯と　苦い酔いを遺して
破り取られた　オーロックスの長いページよ
世界は　それ以来　落丁のままだ

＊オーロックスは長い角をもつ、大きな野牛。飼牛の祖先。ユニコーン伝説のもとになり、旧約聖書にも登場する。角はジョッキとして珍重され、肉は食べられ、一六二七年に最後の一頭が死んだ。[*26]

しかし、絶滅だけが動物たちを待ち受けている運命ではない。捕獲されること、不具にされること、衰退することもまた動物たちを待ち受けている。『動物図鑑』の「象」と題された詩は、自然界の変遷の中で侵され、失われてきたすべてのものの具現として、象を描いている。それは『ヘンゼルとグレーテルの島』の詩におけるドーラとラングのイメージの先がけである。

象

その象は三本足である
たるんだ皺の重みをひきあげ
ごみ捨て場の夕闇の中にかくれている
腐敗することのない不消化物の山が
焦げくさい匂いを立て
重い廃油となって空を侵している
ブルドーザーもひびかず
火も種子ももえないこの場所にむかって
どこからか象は裏切られてきたのだ

あまりに場違いなこの成り行きは
象を途方に暮れさせる
夜のごみ捨て場をきしらせて餌をあさり
ドラム缶の足音を
町の眠りの裏側にとどろかせる
うっかり追い抜いて来てしまった
自分のもう一本の足に毒づいてもみる
草食性の身の上をかくし　人目をさけて
町の上空を飛ぶ　排泄物に汚れた鳥を
鼻高々としめ上げてもみる
だが奇形の象のかなしさは
日ごとに錆びついていく町の空に
錨のように重くひっかかったきりだ

スクラップ広場に漂着する
町という町の悪夢は

ついに回収されることができない
その黄色いガスの底をさまよう
一頭の象の姿を見たものはいないか
もう人間の領分ではない
荒涼としたあの象の場所を見たものはいないか

この煉獄のような世界の中での怒り、公害や産業汚染に対する叫びは、途方にくれた象という場違いでおかしな存在によって表現されているとしても、怒りや叫びが弱められることはない。その象は例によって無垢の存在であり、余儀なく食性を変えさせられるという状況は、虐待であるともいえよう。象が動物園から逃げ出してきたという想定はここでは合わない。人間によって取り返しがつかないまでに変えられてしまったこの世界で、生き延びるためにもがき苦しんでいるすべての野生動物の象徴としての意味を失わせてしまう。

『動物図鑑』は、実在の、あるいは想像上の動物であふれていて、それらが強く情熱的な文体で描かれ、苦しみ悩むものとしての疎外感と、犠牲者としての意味を負わされている。ワニ、ゾウ、カモメ、カラス、クマは、わずかにその姿を垣間見せるが、それらは捕えようとしたり、研究しようとしたりする人間の試みをすり抜けていく。

しかし、『ラプンツェルの馬』では、もっと遊び心のある新しい調子が、動物たちのイメージの処理に影響を与えはじめる。このことは「ゾウと……」という作品において特に顕著である。この象はドーラと同じく気さくで、また変わり者でもあるが、威厳が不足している分、その悲劇性が弱くなっている。また、型どおり、その象は謎めいてはいるものの、飼いならされ、元気がなく、木に姿を変えたり、ゴミ捨て場をあさったりする代わりに、黄色い風船を吐き出す。サーカスの動物たちの運命をなぞっているようである。その生きてきた軌跡は、詩的なイメージによって生命の根源を想起させるのではなく「古い汽車のようにガタゴトとつながって」いく。この詩の語り手は明らかに大人であって、彼女自身、都会生活の迷路に迷い込んでいるのだが、彼女の疎外感は、むしろ困惑と呼ぶべきだろう。

ゾウと……

死んだハトの餌を買いに
街へ出ていきます
AからBへ　BからCへと折れていく
いつもの街角を
なぜか曲り切れません
ふりむくと　風に吹かれて

エメラルド色のゾウが立っています
――やあ　こんにちは

――まあ　こんにちは
おじぎをしながら
ゾウの奥の暗い階段をのぞくと
おじいさんがポツンと腰かけています
でも知らんふりして　連れだって
町の陰をあるいていきます
まだらなコーヒー豆を挽く店があって
いっしょに腰を下すと
豆挽きはズボン吊りをして
花火のように臼をひいています
コーヒーはあかるい匂いがして
からだによくなじみます
ゾウはうっすらと大きくなり
身の上話をはじめます

それは古い汽車のように
ガタゴトとつながっていて
一台のハコの中では
おじいさんが腰をかがめて
小さいおばあさんを打っています
それは気体に似た音ですが
やがてだんだんふくらんで
ゾウの喉の奥から
黄色い風船になって
次々と空へあがっていきます
追いかけていってもつかまりません
ゾウは小さくうなだれています
私はひとりCからB、BからAへ
帰りの道をさがしますが　見上げると
空はもう一面の黄色い風船です

ラングのようにこの象は頭を垂れている。だが人間たちは象の変容がもたらす自らの運命を、恐れることも怯えることもない。黄色い毒ガスではなく、黄色い風船が空に浮かんでいる。水野の描く世界は軽やかになったように思われる。しかし、人はそこで、象の身の上話によって、のぞきからくりのように自身のありようをさらけ出され、人間の残酷な面を突きつけられることになる。その詩は単純ではなく、不条理を抱え込んだままの気楽さはあるが、「世界と同じ大きさの檻の中で生きること」に関しては楽観的とはいえない。

第二、第三詩集の最後の詩の末尾で達成された、檻からの脱出は、各々の詩集の全体的な雰囲気とよく調和している。『ヘンゼルとグレーテルの島』は「馬と魚」と題された散文詩で終わる。それは家庭生活における超現実的な劇的構造の中で、外見的に決められた役割を各々再び演じている母親、父親、兄、妹の世界である。父親は再び何かを（ここではナイフを）洗っている。「ナイフは――舌と同じく――親のセックスのイメージともみなされる」と、ある注釈者が触れている。[*27] 父親は壜の中に魚を見出し、[*28] 母親は黒い馬を想い起こしている。魚は血で濁った夢を見ている。馬は遠ざかり、そして死に至る。しかし、馬は子どもたちの手のひらの上で、奇跡的によみがえり、彼らを宇宙へと運んでいく。古い元型は脱出を可能にするために方向性を変えなければならない、ということをこの詩は提示する。ここでは兄が語っている。

夕ぐれの台所でキャベツを解剖するお母さんの指はうすみどりに濡れている　指先から一滴のしずくがぽとんと落下するとお母さんの記憶の波間から一頭の黒い馬が顔を出す　春は長い　馬はゆっくりと向きを変えると野に埋まるヒヤシンスの球根をふんで一晩ごとに遠ざかる　暗い丘にひづめの音が消えた夜　お母さんは腰を下したまま耳の奥のアンモナイトの化石をそっとほどいている

床下にはラベルを剝がれたワインの壜がならんでいる　横たわったはだかの壜を手にとってのぞいているのはお父さんだ　壜のおくには一匹ずつ魚がねむっている　魚たちの夢が壜の口から透明な液体になって流れ出している　お父さんがその中で赤い暗いナイフを洗っている　春が深くなる　魚たちの夢がだんだん赤く濁っていく

台所の隅で麦の穂が鉄鍋の蓋をもちあげている　ぼくと妹はエプロンをはずし　対角線をまたいで夜の麦畑へ入っていく　野原には青くさいランプがともっている　ぼくらの掌には死んだ一頭の馬がかくれている　ぼくらは素足で立ったまま黒いたづなを風に解く　馬はよみがえり目ざめた星々の流れにそってぼくらを運ぶ　ぼくはしなやかな草色の鞭をにぎりしめる　風に妹の髪がなびく　冷えた大熊座で麦の穂がしきりにざわめく　ふりかえると晩春の窓でお母さんがゆうべのお皿を洗っている

この勇気ある退場によって、この詩はくり返し描かれる宇宙の旅をテーマにした作品群の一つに位置づけられる。常に「星」と呼ばれる別世界は、明らかに詩人の好奇心を刺激している。例えば『ラプンツェルの馬』に「ケンタウルスの食卓」という詩がある。そこでは馬がその星座にふさわしくケンタウルスと呼ばれる。その「さびしい星」は血の気の少ないベジタリアンの種族を養っている星だが、語り手とケンタウルスは、「熱いステーキ」や食用の生きものが山盛りの皿を好む。「ひそかな血なまぐさい事件」という表現は、この両者が社会からの追放者（outlaw）としての（初期の詩における兄と妹のような）位置にあることを示唆している。このはるかな星には、自由を脅かし妨害する両親はいないのだ。

ケンタウルスの食卓

冬の間窓をしめ切っていたせいか　私の馬は呼吸が薄くなりました　吐く息は葉緑素の匂いです　ここはつつましく灌がいされた星です　丘陵には星屑みたいなレモンとにんじんの列　湾のふちには芽キャベツがこぼれています　ひとは寒冷な天のテラスに腰かけ　水栽培のクレソンをしきりに食べています　淡いキリギリスの家系でしょうか　かれらは霧のようにふきげんです

南へ行きませんか　私たちの食卓は地平に半分沈んでいます　そこで私はきゃしゃなひづ

めをもつ彼と熱いステーキをわけ合うのです
それはひそかな血なまぐさい事件です　暗い
お皿の上のかたつむりや兎や魚たち　かれら
は喉のおくに一本の光る角笛をかくしていま
す　（それは私たちと似て紅色です）　テー
ブルにのってかれらはしんと目をあけていま
す　そして私たちの食欲は無心です

食後私たちは大きな月の鎌をはずし　火口の
底へレタスをぬきにいきます　野生のものた
ちの肉のほとぼりには　冷えたたっぷりのサ
ラダが似合います　彼のひづめは深く闇を掻
いて走ります　天はゆるやかに傾いていきま
す　やがて私たちがあかつきの白いナフキン
を拡げる頃　窓の外ではまだクレソンを噛む
音がショリショリとつづいていて　ここはほ
んとうにさびしい星です

『ラプンツェルの馬』の最後の詩では、脱出というテーマが示される。だがここでは馬のイメージは何の役割も果たしていない。脱出というテーマを論じるにあたっては水野の対象とするさまざまな動物の中から別の生きもの、すなわち兎を取り上げなくてはならない。この兎は、ルイス・キャロルの作品にルーツをもつ兎である。突拍子もなく気まぐれなこの動物は、子どもの案内役であり、あまりあてにならない友だちであり、同時に、どうやら「出口」を示してくれる存在のようでもある。水野の詩集の中でそういう兎が最初に出てくるのは『ヘンゼルとグレーテルの島』の中の「忙しい夜」という詩である。この詩に出てくる子どもが忙しいのは、子どもが発熱しているからである。熱にうなされる子どもは、夢の中で陽気な兎たちと一体になる。そのほかにも馬とカタツムリもよく出てくるイメージなのだが、この夢の世界では、神秘的なカエルと同じように、自分たちのそれぞれの役割を演じている。この語り手の声は母親でもなければ子どもでもない。それに不気味なイメージに脅かされることなく、穏やかな魔力が月に照らされた場面全体を支配している。*29

忙しい夜

お父さんとお母さんが扉のかげで春の豆を炒ってい

ます　豆の粒から細い蔓がのびてきます　蔓はかぎ穴から子どもの部屋へ入っていきます　かぎ穴のむこうは緑の夜です　首の長い馬がやぶをわけて月の斜面をおりていきます　馬の目は光の中でうるんでいます　馬はのどが渇いています

月は井戸の上を渡っています　井戸の底に金色にゆれているのは卵です　蛙が両手に抱えています　春の秒針はゆるく空を廻っています　子どもは深い緑の帽子をかぶってベッドに入りました　帽子のかげに白い大きな耳をかくしています

夜ふけの枕で白い兎が身うごきします　どこかがちょっと病気です　鼻の先か耳の裏側かよく分りません　小さな蜘蛛が巣をかけています　巣は少しずつ拡がってきます　子どもはいつまでも眠れません
窓の外で黒い兎たちが一晩中飛び跳ねています

お母さんが低い声で歌をうたっています　歌のおくからかたつむりが一匹這い出してきます　ねむたいかたつむりです　紅色の角をちぢめて月の丘をのぼっていきます　子どもが後を付けていきます　地衣類がざわざわと青い胞子をとばしています　風が出てきました　お母さんが窓から手をのばして満月の帆を引きおろしています

『ラプンツェルの馬』の終わりにいくほど兎たちの登場場面は増えてくる。それは常に子どもの分身的な役回りで登場する。ある詩においては、子どもはアリスという、ちゃんとした名前をもつ女の子である。兎の役割は、誘惑者、解放者、案内人であり、その具体例としては、兎が出てくる詩の中から二篇を取り上げれば十分であろう。その最初の作品は「夏の扉」である。

夏の扉

夏の近くには

大きな樫の扉がゆれていて
通りぬけは自由です
ベンチが置かれたままになっていて
お母さんと子どもが寄りそっています
会話の途中にときどき涼しい風が立ち
ふたりの声はとぎれとぎれに
薄荷色の空へ運ばれていきます
大気の帆はふくらんで
光の棘にさされています

その日も虻がしきりに唸っていて
ふいに兎が一匹よこぎったのです
ふと草色の背中を向けて
〝野原にはバッタがいるよ……〟
兎はたしかにそう云ったのです
声は夕ぐれに草の実のはじけるほどで
お母さんの耳にまでとどきません

子どもは長い脛をゆらしています
影は振子のようにゆっくりと
行ったり　来たりしています
たっぷりとひと夏が過ぎるほどに……
それから子どもは立ち上ると
帽子を片手に
黙って樫の扉の向うがわへ
兎とともに消えたのです

それから百年……
お母さんはベンチに腰かけています
樫の扉は　野原の方へ
煙のようにひらかれていますが

私自身の子ども時代にも、大人の世界から逃げ出して、草を仲間とする濃密な世界――魔法の動物たちの隠れ家――への脱出を空想していた記憶がある。開いた扉のその向こうに、自由がほんとうにあるということを知らないのは大人たちだけなのである。しかし最終的な脱出とはもっと複雑なことだ。

「飛ぶ部屋」は『ラプンツェルの馬』の最後の詩である。この詩での脱出は『ヘンゼルとグレーテルの島』の最後の詩と同様に、宇宙空間へと向かう。地球それ自体が宇宙船となり、打ち上げられて上昇する際に何もかもがバラバラになる。はるか上から見ると古い骨（すなわち、あとに残していく埋もれた夢や傷）を掘り返しているものたちが、無数の羽虫となる。

この詩を物語る「私」は水野本人にきわめて近いように思われる。いずれにせよ、この「私」は詩集の最後では一人になっていて、以前の詩集の、黒い馬にまたがった兄と妹の状況とは異なっている。兎はひょうきんな解放者としての役割を果たし、さりげなくさよならを言って消えてゆき、あとには宇宙空間を自由に漂っている語り手以外だれもいない。

飛ぶ部屋

スカイブルーの上着をきて
兎が窓から入ってくる
風が吹いていて
ベンジャミンの葉がゆれている部屋

飲みさしのコーヒーがあり
スリッパが片方落ちていたり……
そんな部屋のまんなかで
ふいに地球がガタンとゆれ
秒速三十キロのスピードをとり戻し
空の軌道に入っていく
ぎしぎしとゆれながら
兎と私は位置をきめ
白いテーブルかけに風をはらませ
三時のお茶を注ぎわける
部屋は吹きっさらし……
ベンジャミンの木が飛んでいる
時計の針が飛んでいる
お皿が飛んで　カーペットが飛ぶ
飛びながらそれぞれの距離をずらし
空のあちこちへと
てんでに遠ざかっていく

窓のあった場所からのぞくと
はるか足もとの空を
男たちが掘りかえしているのは
墓のありかでもさがしているのかしら?
やがて……灰色の骨片が
マリンスノーのように湧いてきて
かれらはそれを追いかけながら
羽虫のように消えていく
そのあたりはもう暗い
(あっちの方は古生代だよ)
背のびした兎の声が
花びらのようにふと耳に触れる
部屋の中心のあたりから
もう夕やけがはじまっていて
……さようなら……という声に
ふりむくと
いつのまにか兎はいない

イスだけがぽっかりと宙に浮いていて
私ひとりがまだ飛んでいる

水野は、一九九九年に第四詩集『はしばみ色の目のいもうと』を上梓した。『ラプンツェルの馬』から十二年経っており、この間に水野は私的な生活面で大きな喪失を経験していた。九一年の母親の死である。私がこの詩人と初めて出会ったのはその直後のことだ。

母親の死という出来事は多くの人々の人生において、当然起こることでもあり、深い意味をもつことでもある。それは初期の作品、とくに『ヘンゼルとグレーテルの島』において支配的であった母親像の扱いに、ある変化をもたらした。食べさせるものであり、同時に貪り食うものでもある「他者」としての母親像が、「小さないもうと」(兄の新しい代役でもある)と見なされることになった。このいもうとは一種の亡霊であり、神秘的なかたちで現れたり消えたりする仲間のような存在である。水野があとがきで説明しているように、それは心にまといつく「私の母親であった女性の原形であって……私のついに知り得なかった永遠の少女性をもった若い日のその人の原像」なのである。威嚇的だった親は、永遠の子どもとして捉え直されて初めて、水野作品の「神話」の中で親愛なる存在として受容できるものになれるのだろうか。この詩集の巻頭の詩では、民話的な舞台に小さないもうとを登場させ、子ども時代と失われた過去が浮かび上がる。

丘

ゆうぐれになると
山高帽子をかぶった
きつねたちの行列が
すすきの丘をのぼっていきます

（…先頭の
お棺のなかは
いわしぐも～）と
うたう声が遠ざかるころ

ふもとの村で
くりかえし
発熱する
ちいさないもうとがいて

秋ふかく
すすきの穂を分けて　いったきり…
その名も　今は空に消えた
わたしの　素足のいもうとよ

小さないもうとは、妖精のようであり、幽霊のようであり、それは過去の記憶である。そして『ヘンゼルとグレーテルの島』の詩におけるいもうとより、もっと孤独で、もっとおぼろげな存在である。この民話的世界は、この場合、グリムの世界ではなく、古くからの日本の狐をめぐる民話の世界を思い出させる。彼女の発熱は、あの兄や、水野の作品に出てくる子どもたちが、病気や死に近しいことを思い起こさせる。

新しい物語は二番目の詩「秋のいもうと」において、より深い定義へと広がる。私たちは、ここでも台所にいて、なべ類に囲まれ、食事の支度をしている。食材には〈二十世紀〉という種類の梨も含まれる。時間と、それが過ぎていく感覚もまたこの詩人の身近な素材である。突然一頭の象がこの場面に入ってくる。たぶんそれ自身は記憶に過ぎないのだ。ドーラとラングは去って久しく、この名のない象類は郷愁の中へ溶解する。変容は水野の基本的手法だが、ここでも動物を植物に変えている。この詩は話者や、来訪者たちや、死んだ母の記憶を故意にあいまいなものにしている。ガスコンロの上で起こることが超現実的な物語の枠組となる。

秋のいもうと

風が吹くとちいさないもうとがたずねて来ます　はしばみ色の目を
伏せて　台所で菊の花をゆがいています
かたわらの鍋で湯があわあわと吹きこぼれています
「きのこを焼いて
　赤ぴーまんを焼いて
　おりーぶ油と…
　ばるさみこ酢を　ね
　ゆうべ残った《二十世紀》を
　すりおろしたら
　岩塩と　ウイキョウと
　それから…裏庭のハーブをひとつまみ…」
ちいさな素足のいもうとがやってくると　ゆうぐれのゾウも裏庭に
やってきます　むかしふうのつつましさで西の井戸端にすわってい

ます（それはいつもの習慣です） ゾウたちの憶い出はもうゾウの姿かたちよりも大きくなっていて そのなかに沈んでいく星の数をだれひとり（ゾウさえも）知りません ちいさないもうとのようにかれらもやがて地上から迷子になるでしょう

《みずが いっぱい ほしいよ》という声にふりむくと さっきゾウのいた付近から夕月がのぼっています 如雨露をもってはだしで裏庭におりていくと ゾウは萎えた植物の匂いを立てて臥せっています それは地を這うエレファンタ属というハーブの一種です 遠い星にいつか生えていた芒色の草です

ちいさないもうとの指がエレファンタを摘んでいます 《二十世紀》のレシピに添えるのです（黄昏によく似合うサラダです） ハーブの実は星のように飛び散ってあたりの空気がパチパチ鳴っています（ゾウの草葬のようです） 耳のなかは草いろのゆうぐれに染まりゾウの影がそこをよぎっていきます

台所でほのかにエプロンが揺れています　ちいさないもうとのうし
ろ姿の近くを　死んだ母が通りぬけていきます（そこはひとつの星
です）菊の花の香りがただよい　鍋の湯があわあわと吹きこぼれて
います

もう一つの詩の中では、詩人自身が、夢の中での訪問者となる。「門へ」という題のこの詩は、これら一群の詩を根底で動かしている動機（過去の追体験であり、このエッセイの結論でふたたび戻っていくテーマでもある）を暗示している。門は過去への入り口である。小さないもうと（新しい母親像）がそこに現れる。従って過去とはこのように二重写しになった時間であるべきであって、それはまさに『はしばみ色の目のいもうと』全体を通して働いている原理なのである。[*30]

門へ

夢のおくに門が立っている　かつて家族たちと共に出入りした門
おさない夢がそこから遠く出かけていった門　春には満開の桜が枝
を伸ばしていた門　地上からすでに失われたその門が夢のおくへ私
を呼ぶ

駅からの長い石段をのぼって坂道を曲がり　生け垣に沿っていく（いつのまにか生け垣の途中が切れ）そこから向こうにテニスコートが広がっていて　少女たちの歓声がきこえる（あれは高校時代のクラスメートだ）私は足を速めてそこを通り過ぎる　路地を左へ曲がると門があった

門の前に幼い日の妹がしゃがんでいる　地べたに粘土のどうぶつたちが置かれている　それはバクのようでもあり　ゾウのようでもあった　だがよくみると泥の塊にもみえた　それらは夢の途中からふと迷い出てきたようだった　背中の辺りがうすあおく濡れていたそれは妹の手がこの大地から呼び出したものだろうか　日がさすと地面の上でその影が濃くなったり淡くなったりした　私はいつまでも黙ってその影をみつめていた

（門は通り抜けることのできない一つの場所だ　家族という記憶の城に刻まれた傷痕だ　時間があわただしくそこを過ぎていく　渦

巻き　ほどけ　流れ去り…　かと思うと逆流し　そこにせきとめられて深く溜まり　薄い記憶の繊維を漉きほぐしては紡ぎ……たえまなく時のはぎれを織り直す）

門は細長い私道に通じている　芋畑がつくられ　防空壕が掘られ焼夷弾がきらめき　焼け跡の犬が湯気をたててさまよい　新聞配達のおじさんが走り　若い兄が歌いながらゆき　その兄のひつぎが運ばれ　蛇イチゴの花がひらき　そしてしぼんだ　そこを出てもどらないものがあり　入ったきり出てこないものがある　夢の底に土色の柔らかい足跡だけを残して

妹は朽ちかけた門の前で　なぜふしぎなどうぶつたちをつくっているのか…もう一度私はあの門の前にたどりつきあの土のかたまりに手を触れることができるだろうか（無限の星々の成分を分けもつあの土壌に）そしてほそい記憶の糸で風景の端切れを縫い合わせ　行方知れぬたましいたちの眠りを覆う一枚のキルトをつくることが…

これまで見てきたように、戦争の記憶が『はしばみ色の目のいもうと』の中に投影されている。『ヘンゼルとグレーテルの島』の中で、愛、喪失、死を知る機会として、直接的にも比喩的にも経験した大人たちの戦争は、「川のほとりのいもうと」の中へ焼夷弾の炎としてよみがえる。ここでもまた、小さないもうとは過去の番人であり、従って母親像のようにも見えるが、一方水野のように、学生時代に戦争体験をしたことのある子どもでもある。凍りついた沈黙によって、戦時下の大言壮語は、鏡に写った記憶の世界に閉じ込められている。姉たちはみな亡くなり、彼女たちの実を結ばなかった命の灰だけが残る。水野の作品の中の犬たちの意味は常に謎である。犬たちは夢に出てきて、ある言葉にならない伝言を運ぶ使者——たぶん人間世界からはぐれた逃亡者——のように見える。犬を食べるということは、戦時下の飢餓や、同時に思想統制をも、ほのめかしている。[*31]

川のほとりのいもうと

ちいさないもうとが川のほとりにすわって　ゆうべの空を見あげて
います　かたわらにうすい尾の犬がよりそっています（空にむかっ
て口をあけているのは…あれは遠吠えでもしているのでしょうか
そこは鏡のなかの音のない場所です）

向こうの土手で　おとこがなにか叫んでいます（演説でもしているのでしょうか）でも声はきこえません　声はオレンジいろ　はがねいろ　うすちゃいろ　そしてきいろなど　さまざまなかたちの紐状となり　もつれ　ほどけ　くねり　つながり　いびつな波紋を空一面にひろげてゆきます　それはゆうべの空の花火です

焰の穂先につつまれ小学校の教室が燃えています　伝書鳩が燃え最敬礼のフロックコートが燃え　ご真影が燃え　せいたかのっぽの小使いさんが燃え　絵本が燃え……いもうとの《赤ずきん》が燃えています　空から降るきなくさい薔薇星雲です（その空の下を　おねえさんたちが雲のように　綿ぼうしをかぶり　一列になって歩いてゆきます）

ゆくさきにはひとすじの川が流れ　裏山にはふつふつとたけのこが生えています　それは　はは、はは、またそのはははたちの声の浸みた土の村です（みずいろの空にはぽっぽっと酸素の泡がはじけています）おねえさんたちは　ときどき畑から腰を上げ　ホッと口をあけて空を見あげます　するとまあるい喉のおくから　いくすじものみずいろの蒸気が立ちのぼります

そこはいつまでも影のゆらぐ村です　うすい尾の犬がやわらかい草に鼻をぬらし　土手の上にうずくまっています　村にはうっすらとした犬をいくたびもとらえて食べるおとこがいます　犬たちは霧のように吠えて　霧のように消えてゆきます（ひとすじのかすかな足あとを置いて…）ちいさないもうとはその足あとをたどってまた川のほとりに戻ってくるのです

川はひとすじにあの世からながれています　死んだおねえさんたちが　あおい戸籍を燃やし　もえがらを笹の葉にのせて　まだ見ぬいもうとの方へ送っています（向こう岸でおとこがゆうべの花火をそろそろとたぐりよせています）空はしだいに群青色をとりもどしちいさないもうとの影をのみこんで　鏡のなかの一日が暮れてゆきます

もう一つの詩は、秘密を分かち合うという、とりわけ悲しくて優しい記憶の再現の中へと兄を呼び戻す。いつものように、小さないもうとと語り手は一つになるのだが、思い出している時代は恐らく水野自身の子ども時代である。水野はロバート・ルイス・スティーヴンソンの『子どもの詩の庭で（*Garden Days*）』の中の詩「口のきけない兵隊さん（the Dumb Soldier）」の一節をこの詩に援用している。このことで、記憶と、子どものままで生きる自由とが、共に存在する神聖な領域として、詩の中で「庭」が「島」に置き換えられていることに気づいたことを指摘したい。大人の傍観者——月の中にいる男——の顔はぼやけている。彼の声だけが、舞台裏の一人だけのコロスのようにそのシーンに漂っている。少年兵は死んで埋葬されている。そこにかつて雨のように降った実際の銃弾は今となっては曖昧模糊とした過去のものである。この何世代もの間に、日本が戦争のために実弾演習場を必要としたことが、一回ならずあった事実を思い出さなければならない。今では過去のあらゆる断片は、変わり果てた世界の下に消え去っている。子犬とシロツメクサと一緒に。失われた過去は、水野の作品の一貫したテーマである。「ユリノキの下で」という詩だ。

ユリノキの下で

庭のまんなかにユリノキが一本立っていた。ちいさないもうとはその木を《帆船ユリー》と呼んだ。木が月夜の風に葉むらをそよがせると庭にプラチナのさざなみがたった。その夜《帆船ユリー》の真上に月が暈をひらいていた。月の面におとこがひとりこしかけているのが見えた。おおきな暈の影でおとこの顔は暗かった。だがおとこのうたう声が金いろの虻の羽音のように耳にとどいた。いもうとがそれに合わせて小声にうたった。

《おいらは草地に埋められて…
鉛の目で見あげているよ
緋色の軍服で　てっぽうかまえ
星たちや　おてんとさんを（いつまでも）》*

それはむかし兄のよくうたった唄に似ていた。唄は草の匂いを運んできた。《鉛の兵隊さん》のねむる草地に風が吹きはじめた。春だった。シロツメクサの花が一面にゆれていた。わたしたちは子どものころ、そこに子犬とねころんで、ながいながい花のくさりを編んだ。

かつてそこは射的場と呼ばれ、無数の弾が飛び交った跡だった。

《鉛の兵隊さん》はそんな草原の底でじっと目をみひらいていた。

(草地はいま高層団地に覆われている…)ちっちゃな兵隊さんはまだそこで声もなく、星たちやお天道さんを見あげているだろうか。

わたしは彼のさびしい鉛の目を思い浮かべた。


うたごえはいくつもの月夜をこえ、金いろのこだまを耳にのこして消えていった。月の暈が庭にまで降りてきて、木々を覆い、ユリノキが梢から帆をおろしかけた。やがて雨が月の方からやってきて、わたしたちの庭を渡り　シロツメクサの草地を渡り…ひとりぼっちの兵隊さんをぬらしはじめた。[*32]

＊R・L・スティーヴンソンの《THE DUMB SOLDIER》参照。

『はしばみ色の目のいもうと』の中のもう一つの作品では、ひとりぼっちの子どもの孤独が、怜悧な言葉で浮き彫りにされる。少年は、この詩の冒頭でそびえ立つビルの屋上にいて、自殺しようと思い、それを実行する。あたかもそれがどうでもよいことであるかのように、自分の命を捨てる。それを眺めている者たちは、すでに死者であり、冷たく無関心に、だが注意深く観察している。はるか以前に二つの台所の間で交わされた電話での会話のように、この出来事は宇宙的なひろがりをもっている。もしかして人は、これを「一つの不幸な事故」（または）「うつくしくない偶然」（後者の解釈は＝同詩集の「とどく声」[*33]参照）と捉えるかもしれない。「その夜」と題する詩。

その夜

月齢14の空間
放置された埋立地のビルは
巨大なジャングルジムの影をひき
屋上に子どもがひとり
鳥のすがたでうつむいている
「敗けたら…飛べよ」
「敗けたから…飛ぶさ」
つぶやく声が足元から

瓦礫になってこぼれおちる

＊

ひとびとは
別の天体に
夕べの食卓を据え
形而上的に冷えきった
青いはらわたをもつ
クローンの海老を
はてしなく取り分けている
（私たち　死んでから…
（もうどのくらいたつかしら
（百年くらい？
（いや　もっと…
（あ　向こうの方で…
（だれか墜落したようだ
（鳥かしら？　声もたてない

（いっそう　しずかな晩だね
（ええ　月が干潟をぬらしていて

＊

うつぶせになった子どもの
貝がら骨のかたわらを
カニたちが
産卵のために海へ這い…
何万年を巡る
星の軌道が
その夜
ちいさな死の上を通過した

この少年（すなわち兄）の死は、忘れられない思い出として、くり返し出てくる水野のテーマであるが、実際には『はしばみ色の目のいもうと』の中心テーマではない。この詩集では、死に対して非常に意識的に別れを告げているように思われる。詩人である水野は、ここではもっともはっきりとした自伝的な語りを選んでいる。

一九九六年、彼女の兄の同期生の集まりに招待された後、彼女は、象ドーラと兄の死——ここではまぎれもない彼女自身の兄である——についての一篇の詩を書いている。それは「ドーラの耳（兄の五十回忌に）[*34]」である。

ドーラの耳（兄の五十回忌に）

蟬しぐれの波をこえて　あけがたの昏い耳の底へ降りていくと　灰色の砂丘がつづいている　空の一角で星が流れ　耳もとで死んだ兄がささやいた　「ほら　あそこを見てごらん」　見上げると星は消え　かわりに小さな病室の窓に灯がともっている　「君　ドーラのことをおぼえている？」と兄の声がいった　「あの象の声はまだきこえるかい…」

＊

《あのころドーラは島の夕陽を背にしてあらわれた　その影は私たちに向かって　朽ちかけた喬木のように細長く伸びてきた（あるときはドーラの方が一本の木の影に見えた…）その声はもう一つ

の星から吹いてくる風のようだった　子どもたちはドーラの緑色の足跡を追ってひとけない記憶の風上へまぎれこんでいった　あるものはノウゼンカズラの朱色に足を奪られ　星の高さの崖から滑りおちた　あるものはサボテンの形をした象の骨につまづいてころんだ（ふふ…とドーラがどこかで笑った）生きることは夢のなかでも絶えずかすり傷を負うことだった》

＊

ある日子ども部屋の深い暗がりから　すべてのガラクタや絵本といっしょに　ドーラの頁が破り去られた　あとには血の染みた灰色の片耳だけが残り　世界はいくさに巻き込まれていった

＊

「ドーラは　牙をもがれ皮をとられ肉となって　ぼくらの砂丘の時間から蒸発していった　滅びるものは（人も　けものも　植物も虫も）　だれもが一つの星のさいごの種族なのだ　だれもが一つしかない星のことばをもって去っていく…」兄の声がだんだん遠ざか

っていった

＊

砂丘の空は一面の星だった　砂丘の底にも星々がこわばったひとで
のように光っていた　ある光はすでに消えた星のものだった　ある
星は何万光年も向こうからやってきていた　そして今それぞれの時
をこえてつぶやくように光っていた

＊

はたちの夏　戦に敗れて荒れた国の病院で兄は死んだ　私は焼き場
へ送るお棺に辛うじて一束の桔梗を入れた　兄の属した星はどこに
いったのか　失われたその星のことばは今どこに瞬いているのか…
(目を閉じると桔梗色の雲のかたすみでドーラの灰色の耳がちいさ
く光った)

『はしばみ色の目のいもうと』の追憶の詩における告別の感覚は、父親の夢にも同様に影を落としている。父親は寡黙な男であり、長靴と白い蛾の亡霊のようなイメージを残していく。ルビー色の目をした昆虫は、時間の奔流に呑み込まれ、その鱗粉の痕跡だけを置いて去っていく。そして波に沈んでいくドーラの島のように、夢のシーンの全体は、最後にはひとけのない野原の暗闇に沈んでいくのである。その詩の題は、「秋の忘れもの」。

秋の忘れもの

まだ熱い一皿の料理をどこかへ運ぶように　私は最後まで暮れ残った夕やけを胸に沈めて　夢の浮島へとあてもなくたどっている

＊

あるきながら私はいくつもの窓を通りすぎる　ひとつの窓が風で押しあけられると電話のベルが鳴っている　そのとなりの窓がひらくと病室があり　そこから蟻たちの行列が冬の巣穴へ向かっている
その列をよこぎるとき私はかれらの夕食が大きな白い蛾であるのに気づく

＊

野原にさしかかるとすすきのかげで老人が暗い傘をひらいている　そのうしろ姿を　私はもう何回も見たことがある　老人がいつもはいている長靴は死んだ父のものだ　ある日それだけを置き忘れて父は遠くへいってしまった

＊

父のいるころ　部屋に白い蛾がいっぴき棲みついていた　蛾は夏になるとやってきて　ルビー色の目をして電球の傘にとまっていた（何を餌にしていたのだろう）びろうどのような翅で天井をとびまわると　鱗粉が玩具の貨車の上に積もった　秋になっても貨車はレールの上にじっと停まっていた

＊

すでにすすきの原が大きく沈みかけている　うすやみのなかに食卓がひとつ漂うように浮かんでいて　老人がぼんやり腰掛けている　なじみの傘はたたまれている　その口もとには影があり　そのひとはなにかを待っているように見える　私はとまとスープのような夕

やけで胸のかたすみをぬらしながら　目をふせて　そのひとの遠くを回っていく

＊

そして野原だけが夕やみの底に忘れられる

しかし私たちは、この詩集を他の詩集と分ける問題を見出すために、母親へと、さらに時を超え、子どもとしての母親のイメージをも探しに戻らなければならない。なぜなら、あとがきの中で彼女自身も語っているように、このシリーズをまとめる間、詩人の感情に揺曳していたのは水野自身の母親の死であったからである。おそらく著者のもっとも得意とする巧みな夢の操作において、またベルイマン映画を彷彿とさせる一連のイメージの中で、その面影は、日本の古典『万葉集』の中の死者の魂が雲となり消えていくように、（草食性の）罪のない竜の姿となって、母親を失った娘に寄り添うのである。[*35] 著者の環境問題への危機感は、不条理なイメージとして立ち現われ、その一方つきまとう消しがたい悲しみを負った想い（母・兄の両方の死から来る深い悲しみの想い）は、現実認識と喪失のイメージを語ることにより、人間存在そのものを強く印象づけるのである。

入念に彫られた柩の中の暗闇という最後のイメージは、入念に構想され創作されたこの詩の終連で、熟達した映画的な一場面となっている。その詩の題は「春の柩」である。

春の柩

駅の近くでふところからリスをとり出す男を見た。袋から緑いろの粒をつまんで手の上のリスに与えている。(男の頬には影がさし長い髪が雲のようにかかっている)しなやかな指の動きを見せながらその男はつぶやく。(これは葉緑素がたっぷり入っている…宇宙食と同じ成分…これを摂るものは急速に成長する…)と。男のてのひらからリスは無心に食べつづけている。

家にもどると母がきていた　部屋中のガラスがみがかれていた
母のぼんやりと立っている背中を通して窓外の雲の動きが見えた
(母の口ぐせは死んだら雲になりたいということだった)雲は大きな竜のかたちをして北へ流れていた　そっと近づいて母の髪の毛のあたりに手を触れる　私の指さきにうっすらと大気がまとわりついてそこにはもうだれもいないのだった

その夜リスは巨大な草食の竜となって屋根の上をわたっていった……メタセコイアの梢が荒々しくゆれている……暗い街角でしなやかな指の男がいかさまのトランプをやってみせている。どのカードをめくっても疲れた兵士の顔が出てくる。（どの顔も若い日に死んだ兄の目をしている）　兵士たちは銃をとって、一人ずつ裏返しになってくらやみに散っていった。草食の竜を追っていったのだと私は思った。

夜明け　枕もとでガラスをみがく気配がした　目がさめると母がきていた　窓からはじまって　食器棚のコップ　水差し　花瓶
小さなガラスの風鈴まで　見えない指さきでみがかれていった
そして家中のガラス類が流れ星のように光る瞬間がやってくる
あけがたの五時…それはちょうど母の死の時刻だ　目を上げると
東の窓を遠ざかる雲の尾が見える　それは竜というより大きな綿
くずに近づいている

夕ぐれの雨が街をぬらしている。しなやかな指の男がミニチュアの白木の箱をけずっている。台の上にならんだ細工物は蓮の花の透かし彫りがほどこされ、かろやかな春の柩のようだった。人びとはそれぞれの内部にかくされた暗がりを黙ってみつめていた。やがてそれらは客たちにあがなわれ、ひとつずつポケットにしまわれ、暮れてゆく街の奥へ運ばれていった。

語り手とそのいもうとは、層をなす過去の時間の、ある複雑な愛すべき冒険を手がかりとして、秘密の庭へとたどりつき、そこで、遊び仲間である少年の童話の中の記憶と出会う。詩篇「真夜中のいもうと」は、英国の作家フィリッパ・ピアスの魅惑的なファンタジー『トムは真夜中の庭で』[*36]から構想を得て書かれているが、その中でトムは謎めいた時計が十三時を打つと、ふしぎな過去の時間の入り口を見つける。この「時間の外の時間」の中で、他人には見えない存在となっているトムは、夜ごと幼い少女と出会う。その少女は彼の姿を見ることができるほど無垢な存在である。そして二人は遊び仲間になる。しかしこのファンタジーは、やがて時間がその力を働かせて、少女が成長し結婚することによって終わりを迎える。水野の詩の中の老女は、トムのかつての遊び仲間でもあり、水野自身の母親でもあり（それはまた、小さないもうとでもあるが）、そしてたぶん水野自身であるようにも思われる。

真夜中のいもうと

秋の夜は耳の近くを月が通ってゆく。宙空で大時計が十三時を打った。耳のおくで錆びたカンヌキをはずす音がして、ちいさないもうとが影のように私の庭のなかへ入ってきた。裏庭の垣根はこわれ、薔薇の季節も終わっていた。

（トムは《真夜中の庭》* でいまごろハティと会っているのね？　ひとは過去と現在のふたつの時を同時に生きられるのだから…）といもうとがささやいた。その声は見えない鳥のはばたきのように頬に触れた。朽ちかけた縁先にいもうとは腰を下ろし、そのほの白い素足を月がさらさらと洗っていた。（わたしの記憶の棚で一冊の本の頁が灰いろの風にめくられていた。それはひとりのおばあさんが真夜中の庭で、時を超えて少年と出会う物語だった。）

月は死者たちの澄んだ瞳に似ている。いもうととわたしは庭に散った二枚の薔薇の葉のように月に照らされていた。いないことといること…いもうととわたし…が左手と右手のように、真夜中の庭の時間を分け合っていた。世界は死者たちの記憶の容積だった。そのひかりの青い容積…のなかへ、ちいさないもうととわたしは溶けていった。(外側の暗黒をはらはらと枯れ葉が落ちていった…)

わたしたちは《雷に打たれては　また立ちあがるモミの木のこと》や《少年と少女が時を超えて共有した一足のスケート靴のこと》などを話した。きっとだれもが一足の靴、一つの食卓、一本の傘を死者たちと分け合っているのだ。わたしは靴や傘や食卓の近くに、ふと思い出のように帰ってくる死者たちの気配に気づくことがある。(世界はたった一本の木なのだ。そしてわたしたちは、秋おそく残り葉の少ない木に生みつけられ、そこに孵化した幼虫だった)

灰色の風がものがたりの頁を一枚ずつめくっていく。風はわたしたちの声でもあり、死んだひとびとの声でもあった。流れてくる記憶を樹液のように聴きながら、ちいさないもうとの傍らで、わたしは春をまつ一匹の蛹のようにねむっていた。

＊フィリッパ・ピアス著『トムは真夜中の庭で』

「しだのはは」においては、母親の目覚めは、植物の世界と一体化して、詩的に表現されている。この、死を赦し合い、さらに自らをも赦すという捉え方は、水野の超現実的で詩的な想像力によって生み出される、豊かに変容する世界の捉え方である。[＊37] それはまた自然界への水野の歌の中の別の詩句にも表されている。

しだのはは

ねむるははの
からだのすみずみから
何千何万のしだの胞子が
ぴしぴしとめざめ
ははのまろやかな肩さきが
まふゆのしーつのはずれで

ちらちらと星のひかりにぬれている
（おかあさん　ここがあかるいのは夢のせい？）
手くびからは　ひかげのかずら
せなかからは　うらじろ
三半規管からは　のきしのぶ
まぶたからは　くものすしだ
胸もとからは　ぜんまい
（おかあさん　あなたも　かぜに運ばれてきたの？）
しだのにおいにおおわれて
ははは寡黙な島のかたちになる

島にはさびしいしょくぶつたちがいて
あるいはしげり　あるいは萎え
青くさいじゅら紀の匂いをたてている
あるものは　赤や　むらさきの
あるものは　うすちゃいろの
小声の胞子の舌で

まるごとの島のりれきを
ざわざわとつぶやいている
いくつもの世を隔てる
ひとすじのかぜを待ちながら
（おかあさんも　かぜを待っていたのね？）

ねむるははの胸で
いくたびも修繕された
おるがん風の懐かしい音色のぜんまいが
刻々とほどかれてゆくのは
なぜだろう
だれもその理由をしらないまま
島のとおくから　いま
ははをよぶ
ひとすじのかぜが吹きはじめている

もう一つの夢語りでは、彼女の母の終末の日々について、現実の描写へとさらに近づいていく。

くり返すが、シュルレアリスムは、耐え難いものを耐えうるものに、少なくとも言葉にしうるものにする。それでもなお、母が（自分の両手がベッドに結わえられているのに気づく）ことは、そのような経験をした者にとっては、はっとさせられることかもしれない。母の終末は、私たちが初めて会うことになる旅（一九九一年秋）へと水野が出発する、ちょうど数日前にやってきた。この詩は「213号室の夢」と題されている。

213号室の夢

母がその老人病棟で待っているのはこの私なのだろうか。鳥や天使のようなものではないのか。私が訪れるたびに　母は私をみつめ「Rちゃん　よくここが分かったわね?」とささやく。空から舞い降りたとでもいうように…。昨日の記憶さえ薄れた母と、私はそのたびに初めて会うのだ。

居並ぶ老女たちは
白いベッドに身をふせて
夜ごと眠りの海へと降りてゆく

だが母はひとり目をさまして
２１３号室の扉の外に耳をすましている
扉はちがう天体へ向かって
半ば開かれていて
ふいに貨物列車のレールが延びてきたり
兎を抱いた男の子がのぞきこんだりする
するとベッドから
女の子がひとり身を起こすのだ
（どこへ行くの？）
（隣の鳥をトリモチで取りに…）
（わたしもいくわ。連れてって…）
（待ってるよ。隣の家の井戸のそばで）
かろやかな素足を床に下ろし
女の子が線路をまたごうとする
と、踏切に長身のフロックコートの医者が立っている
《オットー・リーデンブロック氏[*38]？》
彼は冷ややかなまなざしで

顕微鏡をのぞきながら
「君、順番はまだだよ。待合室を出てはいかん…」
(気がつくと両手はベッドにしばりつけられ)
身動きできない…その
かたわらを　少年の影が
兎をだいて通り抜けてゆく
ひとり…またひとり…

夢のなかで母はくりかえし少女の日の復習をしているらしい。きっと日々の記憶よりも、もっとおおきな憶い出がどこかにあって、母はもうその近くにまでひとりで行ってしまったのだ。私も、少女になったその人を追いかけて、そんなはるかな場所へ近づくように、今日も車椅子を押して、母とともにおそい春のなかへ入っていく。

＊ジュール・ベルヌの小説に登場する学者の名。ポール・デルヴォーの絵にしばしばあらわれる。
「ドーラの耳」は超現実の枠の外で、兄の死についての最後の回想を描いて終わる。「213号

室の夢」もその通りかというとそうではない。しかしこの詩の全体が、若い娘の目にはそう映るであろう、母親のこまやかな思い出で構成されている。そしてこの詩で、ようやくその母の死がずっと以前に起こったこととして書かれている。《月の石》とは記憶そのものの断片のように思われる。そのきらきらした記憶の断片が平凡であいまいなものに変わってしまうということが問題なのである。しかしそれらの断片は常に夢の中へと戻ってきて、「現実とはちがう何か」としての永続的な力をもつことが示唆されている。第二連は、しまわれている石が魔法のように衣類をふやすという言い伝えに関連している。この詩は「月の石の記憶」という題であり、「北海道での岩盤崩落の夜の夢から」[*39]という副題がついている。

月の石の記憶――北海道での岩盤崩落の夜の夢から

月の見える、窓の大きな部屋だった。窓のわきに、天に突き刺さるように岩の柱がそびえていた。褐色のまだらな岩肌は剝がれやすく、ときどき落石が窓ガラスを打った。(夜、その音のかけらが枕もとにまで落ちてきた)

月の光に照らされた床に小石が散らばっていた。「窓を壊したのはだれかしら」と素足の母がつぶやいている。「足をケガしないように…」そういいながら、母は月色の小石をひとつずつ拾い集めている。「これは月光石だから箪笥にしまいましょう　衣装が増えるように」母のてのひらで石はかすかに光っていた。

月の石はただひとつならさびしい石なのだ。だが空色のガラスびんに集められると、石たちは匂うように光った。母は月の夜によくそれらを磨いていた。（そのころは夜ごとの空襲のため、電灯にはいつも黒い布がかけられていた）窓辺でビーカーに入れた石を月の光に透かしている母の姿を、私はしばしば見た。そんなとき母はみしらぬ人のようだった。

母の留守にひそかに茶箪笥をあけてみると、昼の光のもとで、石は、ただのうす茶色の瓦礫か化石のように見えた。（母が年老いてからのことだが、私はそれらの小石をひそかに捨てにいった。だが母はもうそのことについて何もいわなかった）

母の若いころ、まだ月の光は結晶することがあったのだろうか。母がその石を通して見たもうひとつの世界は、母の死とともに滅びたのだろうか。……だが草色や琥珀色の光、桜色の艶をもつあの石の記憶を通して、今私の上にもうひとつの世界の影がさしてくるのはなぜだろう。なまなましい憶い出のように。

たとえばあれらの小石とともに、ある日箪笥の中に偶然みつけた母の秘密もその一つだ…。そのころはひっそりと〈月のもの〉とよばれていた女の生理のための品物が小引出しにしまわれていて、子どもの私はそれを手にして、しげしげと眺めながら、柔らかいおおきな闇にはじめて触れたのだった。それは夕顔の花弁に潜むうす闇だった。

母の死後、鏡台の引出しの隅からいびつな小石のかけらが一つみつかったとき、私はその色あせた月光石を紙にくるんで、茶箪笥の奥にふたたび押し込んだ。母がしまい込んでいた子どもたちの臍の緒の入った小箱や、黒い手袋の片方などとともに、月の石も記憶の底へと埋めるつもりだった。

だが月の石が、しばしば夢の中に現れるようになったのはその頃からだ。まやかしに似て、しかも胸を騒がせる何かが、月の石の周辺に隠されていた。欠け落ちた記憶の断片が、雲母のように散らばり大気のなかに濃く結晶したがっていた。残された夢のつづきのように。(…暗い電灯のもとでだれかがまだ月の石のかけらを手探りしている…)

…そして私も、かすかに光るその小石たちの影を探すには、明かりを消さなければならなかった。

『ヘンゼルとグレーテルの島』の最後の詩で、兄と妹が一緒に馬に乗り宇宙へと脱出する。『ラプンツェルの馬』の最後の詩では、語り手は一人ぼっちで空に浮かんでいて、おせっかいな兎に助けられて、そこから脱出する。それに対して『はしばみ色の目のいもうと』では、最後の詩は下方を向いている。「石の時間」は地に根ざした作品である。月が照り、話し手は石を手に持ち、拡大鏡でのぞきながら、そこに隠れている地球の地質学的な年代を調べている。父と母はすでに去り、あとには蛾と石と、かすかな鱗粉の雨と、わずかなあたたかさだけが残されている。強い力をもつ最後の行は、石との結合がロビンソン・ジェファーズ風であり、個人的な消滅を受容することになる。[*40] それは、光と影の夢の領域を通り抜けるこの詩人の長い旅に、壮大な詩の結末をもたらしている。

石の時間

蛾がいっぴき
窓辺におかれた
石灰岩のかけらの上をはばたきながら
かすかに鱗粉をこぼしている

窓のむこうに
小さく　かたむく天体がある
…死の時間のうちにも
大気が流れこみ
月の射しこむことはあるだろうか

死者たちは
その影をながく引きながら
（母も　父も　友たちも）
どこかへ去り
押し黙った時間だけが
私のなかに
日ごと層をなしてゆく

頬にあてると
石はほのかにあたたかい
私は図鑑をひらく
《石灰岩＝サンゴ・ウミユリ・フズリナ・貝類などの遺骸が
集積したもの。しばしば古生代の化石を含む…》

まっしろい石の表面にルーペをあてると
精緻なレース模様の層が見える

もろく　だが美しい秩序を秘めたこの石は
何億年の死の容積なのだ

…蛾が
月の光をあびて
石の上に翅を休めている

*

やがて　蛾も　私も
堆積するだろう
あらゆる破片とみじんにまじりながら
共に痕跡をなくし
この天体の石の時間へと

《結論》
さてここで結論として言えることは何だろうか。つまり最初に置かれた疑問、「私をとらえた」

ものは何だったのかという問いに答え、同時に、もしその世界が、詩人の心のもっとも内奥の世界であるならば、「その世界を（読み）解く」ことはしたくないという私の気持ちに正直であろうとすること、その二つが、どうしたら可能になるだろうか。答えは（おそらく）次のようなものになるだろうか。つまり「子どもたちが行くある秘密の場所がある。それは島であり、部屋であり、庭であり、動物たちの聖地（楽園）であり……それは思い出を祀る一軒の〈木の家〉であり、そこでは夢の出来事が一つに溶け合っているのだ」。私たちはまだ「木の家」を見ていない。それは『ヘンゼルとグレーテルの島』巻頭の五つの散文詩の最後の作品である。

木の家

影のない大きな昼間のなかに子どもたちだけが取り残されていた　木の家を棄てたのは子どもたちだろうか　大人たちだろうか　大人たちはなにげなく手近な窓を開いて　昔の木の家のある方向を指さしてみせる　すると木の家は思い出のように昼のはずれの方に見え　植物の細い茎が壁を這い　昆虫が低く唸っている　兄と私は窓辺によっていくたびもその

木の家を眺めた

＊＊＊

兄はいった　あれは木の家ではない　ぼくらの木の家は黄ばんだ夜の地図の上で朽ちかけている　あの錆びついた扉を押しあけるものはだれもいない　木の家のそばを通るものさえいない　木の家の内部の壁は夜空のように暗く湿気の底に沈んでいる　ぼくには見える　壁の上に残された小さな星々のようないくつものしみが　あれらの点々をつないでごらんあれは幼ない夜々にぼくらが描きつづけたふしぎな動物たちの姿なのだ

深い闇の底から今もぼくらを見上げる目のないワニぼくらを追う足のない象　ぼくらを呼びながら墜ちていく鳥　ぼくらの手が知らずに描きつづけたあの

生きものたちはどこからやって来たのだろうか　木の家の内部は彼らのあえぎに満たされている　彼らを光の中へ連れ出すためには　わずか一本の線　一つの点を加えれば足りるのかもしれない　だがそのための時間がもうぼくにはない

毎夜私は一人になると夢のざらざらした原野で　私を追いかけてくるワニの頭を見た　荒れ果てた町なかをさまよう象の足とでくわした　海に沈む鳥たちを見た　かれらのふくらんだ尾や頭の部分は夢の外へはみ出していて　そこから静かに血を流していたそれは傷口のように私を苦しめた

毎夜兄は一本のマッチを手に木の家のある方向へ出発しつづけた　すべての声のないあの生きものたちを今は地上から燃やしつくすことを兄はねがっただが夜が明けるごとに兄は傷ついた魚みたいに死の

匂いを立てて私のもとに流れついた　ぬれた長い髪
が額を覆って熱のある兄は見知らぬ少女のようにみ
えた　兄のひたすらな歩行もついにあの動物たちま
で届かなかった

＊＊＊

木の家の暗い絵が幼ない日の落書であるかどうか私
には記憶がない　だが木の家が腐蝕し　木の壁が崩
れおちる前に　私もまたあそこへ向かって出発しな
ければならないと思った　あのうすれてゆく点点を
星のようにつないで　見棄てられたワニたちの目や
足の位置を見出さなければならない　そのためには
一本のマッチでなく一本の勁《つよ》い絵筆を私は持ちたい
と願った

ジョン・リビングストン・ロウズは「ザナドゥへの道」の中で、創造的エネルギーの子宮（核心）である、ひしめく影に包まれた意識の領域こそ、サミュエル・テイラー・コールリッジが、彼の不思議な詩「老水夫の歌」と「クブラ・カーン」を生み出した領域[*41]であるという。それは心の〈深い井戸〉であり、そこに生の経験、読書、そして夢が、意識の制御なしに相互に作用しあう場所があるのだと。コールリッジ自身、それを意識の薄明の領域[*42]であると述べている。これらの、詩的想像力のほの暗い水源が夢の中で働いて、「クブラ・カーン」を生み出した。そして意識の〈形象化する精神〉によって形を与えられ、その結果、「老水夫の歌」の構造を作り上げたのである。

そのような〈想像力の働き方〉は、水野自身がいかに作品のアイデアを得るかというその過程に、奇妙なほどに似ているのである。前に引用した『ヘンゼルとグレーテルの島』のあとがき（二二頁、四八頁）でも、同じことを述べている。水野は一九八三年のインタビューでも同じ問題に立ち戻っている。「あまり意識的にのみ書こうとするとつまらなくなってしまう……どこかで自分の意識の手綱を放すことだと思う」と述べ、自身の詩の方法について次のように述べている。「もちろん無意識からやってくるものをただ投げ出すだけではどうにもならない。そうでなく意識の針で縫っていくことで、初めて、他者に通じる作品になる。意識と無意識の接点が大事なのだ[*43]」。水野のいう〈針〉とは、ロウズの〈形象化する精神〉である。「木の家」の最後の行でも、そのことについて触れている。水野は超現実主義の手法を用いて、彼女の詩に、意図的に、さらに異なる不可思議の層を重ねているが、この手法を、水野の詩にその力を与えている潜在的な

myth（深層世界）と混同してはいけない。そのmythとは、無垢とその喪失からくる〈影の領域〉と結びついており、愛と、罪と、死と、耐えがたい悲しみ、と結びついている。

水野の、きらめくような、心につきまとうイメージは私たちを非常に深い井戸へと導く。あるいは、彼女自身の詩に即していえば、……島、檻、塔、不思議な台所、（禁じられた）秘密の部屋……へと導く。木の家、その謎を探検することはできる、しかしその謎を解くことはできない。私もまたその、錆びて朽ちてゆく王国に誘われる。そこにいることは何よりも私に安らぎを与えてくれる。

その子どもたちの世界には、一枚の皿があり、それは神秘的な深さを保ち、そこには沼があり、性の匂いのする危険な蛇がひそみ、かまどがあり、貪欲な魔女がよみがえろうとしている。これらの釣り針は私を引き寄せる。たとえ私には、魔法の魚を捉え、水面に持ち帰ることは許されないとしても。

これらの影の王国は、「時」によって、無垢（それは幻想の奥の聖地である）の喪失によって、大人たちの合理性の乾いた世界によって、脅かされる。失われた子ども時代の声は、夢の迷路を通り抜けて木霊する。私たちをいざない、くつがえし、そして突き放すかのように。私たちは、ついにこの詩人と同じく、灯りを消さなければならない。月の石のきらめく光を見るために。

出典

この論文で取り上げ、検討した水野の詩集は以下の通りである（刊行順）。

『動物図鑑』（地球社、一九七七年）
『ヘンゼルとグレーテルの島』（現代企画室、一九八三年）
『ラプンツェルの馬』（思潮社、一九八七年）
『はしばみ色の目のいもうと』（現代企画室、一九九九年）

水野はその後、以下の詩集を出版している。

『クジラの耳かき』（七月堂、二〇〇三年）
『うさぎじるしの夜』（ORIGIN and QUEST 電子ブック、二〇〇三年）
『ユニコーンの夜に』（土曜美術社出版販売、二〇一〇年）
『水野るり子詩集――新・日本現代詩文庫100』（土曜美術社出版販売、二〇一二年）

以下の訳詩は次の雑誌に発表されている。

"Moon Fish" in *Poetry Tokyo*, no. 6, Winter 1993.
"Hänsel and Gretel's Island" "Dora's Island" "The Sky Where the Moas Were"
"On the Island of Elephant Trees" and "Tree House", in *TriQuarterly*, 91, Fall 1994.
"Eggs" and "A Busy Night", in *Nimrod*, Vol. 46, no. 1, Fall/Winter 2002.

註

＊1　H氏は平澤貞二郎氏（一九一三-九一年）で、実業家・詩人。その頭文字を冠した現代詩への賞の基金を提供し、その基金は日本現代詩人会によって管理されている。

＊2　柿本人麻呂（六八〇-七〇〇年頃を中心に活躍）万葉集の主要な歌人。和泉式部（十世紀後半-十一世紀前半）その作品の大胆な表現と恋によって有名な女性歌人。与謝野晶子（一八七八-一九四二年）二十世紀初頭の主要な浪漫派の詩人・文化人であり、この著書の二番目のエッセイに取り上げられている。

＊3　『ヘンゼルとグレーテルの島』のあとがき（九二頁）。

＊4　C. G. Jung, *Dreams*, trans. R. F. C. Hull (Princeton University Press, 1974), p. 107. その他参照。

＊5　グリム童話についてはJack Zipes訳・序論を参照した。水野の詩の「X」は「アリババと四十人の盗賊」（『アラビアンナイト　千一夜物語』）よりの引用。

＊6　象（および島）の名前はドーラ（Dora）。この詩を訳しているとき、私は反射的に長い〝O〟を短くした。私自身の中ではその象（Dora）は女性形の名だと思っていたためである。この詩では人称代名詞を用いる場面がなかったのだ。従って何年かの間、私が「ドーラの耳」を訳すことになるまで、水野さんは私のこのジェンダー意識に気がつかないままだった。彼女は戸惑ったが、この詩の英訳の

場合、女性名詞を使わないわけにいかず、その代わりに私は結局itsを用いることにしたのである。
＊7　トビト書はErnest Sutherland Bates, ed., *The Bible Designed to Be Read as Living Literature: The Old and New Testaments in the King James Version*（Simon and Schuster, 1950), pp. 863–79. に載っている。
＊8　C. G. Jung, "*Memories, Dreams, Reflections*" recorded and ed., Aniela Jaffe.（邦訳は『思い出、夢、思想』みすず書房刊）その他参照。
＊9　中本道代は、聞き耳を立てる魚を、グレーテルの内面の不安とみる。グレーテルは戦時の混沌によって弱体化した性のタブーを自ら犯すことで、近親相姦という行為の中に「大人たちの秘密」を発見する。中本にとって、兄は理想化された自己の投影であって、夢の島における妹との関係が濃密で、秘かで、純粋なものである「兄」なのである。グレーテルは強い生命力をもって生き残るが、一方、ヘンゼルはニヒリズムと死へ傾いていく。その物語はわれわれの心をかき乱す。なぜなら私たち〈女性〉はすべてグレーテルであり――つまり、この島を知っているからだ。中本は、ヘンゼルは十五、六歳、グレーテルは十二、三歳と想定している（「透明な小さいコップのような夏――『ヘンゼルとグレーテルの島』のために」、「ラ・メール」一九八八年冬号・四三－五〇頁）。私の意見では、ヘンゼルとグレーテルの詩のシリーズは青春前期の内面的な心の葛藤をも表現している。
＊10　夢の解釈についてのユングとフロイトの意見の相違について（*Dreams*, pp. 32–33, p. 38 参照）。一九一六年に初めて公表されたこの論文で、ユングは、夢が固定的な意味をもつことはないという見解を明らかにしている。ユングは夢のイメージの変容の中に心理的状況の変容を読み取っており、そこに固定した意味づけをするフロイトを批判する。ユングは「神話のモティーフとの比較対照」のほう

がよりわかりやすい方法だとする。一九四五年初出の論文（pp. 70–71 参照）でユングは夢のイメージを解釈する場合の「文脈（脈絡、状況）」を強く主張して、固定した象徴や、「抑圧された願望」という措定されたフロイト流の見解を批判している。そしてこの同じ論文で（pp.76–77）、「復讐、自己犠牲、裏切り」などの普遍的な神話的テーマ、あるいは「元型」、それに「集合的無意識」についての自身の説を展開している。それはつまり、一九四五年までにユングが詳細にわたって獲得していた「神話と民間伝承の知識」から、夢には「人類の精神史において我々もまた遭遇する象徴的なイメージ」があることを見出した、ということである。集合的無意識へとつながる「大きな（すなわち重要な）」夢には「詩的な力と美」がある。ユングのこの「審美的要素」が、フロイトの即物主義と彼とを明確に分けるものであって、水野のような詩人が彼に惹かれる一つの理由であることは疑いない。私にとって集合的無意識という捉え方は依然として理解しがたいのだが、それは恐らく「人類の精神史」について、私の理解が不十分であることによるところが大いにありそうである。「夢」の大部分は、一人の患者が助手に語った（ユング自身は実際には聞いていない）一連の夢を、中世の錬金術の観点から、詳細に分析したものである。ユングは、夢は一つの連なりであり「その連なりは夢をみる人自身が語る文脈」であることを根拠に、彼の「夢解釈の基本原則」（例えば context）の明らかな矛盾を擁護する（pp. 118–20, 強調部分「　」は原文ママ）。性意識の心理学的意味についてのフロイトに対するユングの反論に関しては「記憶（Memories）」pp. 147, 150, 160–61, 209 も参照のこと。

＊11　ジョン・リビングストン・ロウズ『ザナドゥへの道——想像力の様相の研究』。John Livingston Lowes, *The Road to Xanadu: A Study in the Ways of the Imagination* (Houghton Mifflin, 1927; 2nd ed., 1964). ロウズはヘンリー・ジェイムズの『アメリカ人（*The American*）』のプロットに関する

所見で、「深い井戸」という用語を採っている。ヘンリー・ジェイムズは自分が「(元々のひらめきを)しばし、無意識の想いという深い井戸の中へ落とした」と述べている(「作品」[ニューヨーク版]五二頁、ロウズによるヘンリー・ジェイムズからの引用)。

＊12 Charles Mauron, *Des Metaphores obsedentes au Mythe personnel: Introduction a la Psychocritique* (Paris, Librairie Jose corti, 1963; 9th printing 1995). シャルル・モーロンの方法は、つながり合うイメージの網を引き出すために、著者の複数の作品を重ね合わせてみるという方法である。そのようなイメージの群を、彼は「頭から離れない、恐らくは意識されていないもの」と考える。さらに彼はそれらを解析して、作家の「個人的な深層(神話)」にたどり着く。そして、その深層(神話)「およびそれが具現化されたもの」は「作家の無意識の個性と、その展開、として読み取れる」という。最終的に「このようにして得られた結論は……その作家の人生と比較照合されることによって、再確認される」ことになる(三二頁、著者訳)。私はモーロンの著書に深く魅了される。私の同僚であるハワード・ヒベット(Howard Hibbett)が、それを私に教えてくれたこと、おまけに自分の本を貸してくれたことに深く感謝している！ 水野の作品を読むと、モーロンの「方法」を当てはめてみたくなるのだが、そのことはまた後の機会に譲りたいと思う。この「つきまとうイメージ」は水野の作品に溢れていて、水野の「個人的な深層」についての(それほど科学的ではないが)私自身の見解へとつなげてくれた。「つきまとうイメージ」については、このエッセイの結論の部分に記されている。

＊13 D・H・ロレンス「河の薔薇」、「ラ・メール」一九八九年夏号。

＊14 「「五月のアラン」から」、「ラ・メール」一九九〇年秋号より。私自身のこの詩の解釈では、アランが浮遊状態に入る前の心の葛藤を指摘したい。彼の脚は地面に届くほど長くない。多分彼は自分自

身の天性（資質）と現実との乖離に苦しんでいるのだ。

＊15　（作品は）グリム兄弟の、行き過ぎに対する自戒からであったのかもしれないが、刈り込まれて（整理されて）いる。「ウィルヘルムは物語を有産階級向きに配慮したものにする傾向があった」。

＊16　Mauron, pp. 185–86. 一部はポール・ヴァレリーの作品集II（p. 163）からの引用。この夢はヴァレリーの夢である。

＊17　C. G. Jung, *Dreams*, p. 107.

＊18　上記の引用文について。私はオーストリアの詩人、ゲオルク・トラークル（一八八七 - 一九一四年）の散文詩『夢と錯乱』の一節を強く思いおこす。「暗闇の中から黒い馬の影が跳びだしてきて彼を驚かせた」（ルシア・ゲッツィ訳）。ドラッグと錯乱の中に、短い、苦悩に満ちた人生を生きたトラークルは超現実的幻想、鮮やかなイメージ、恐怖、死の魅惑、といった一群の作品を創り出したのである。彼の詩の世界は、水野の世界と同じように、流動的で（流れるように滑らかで）、象徴的な動物が出没し、不可思議に変容し、さらに特に印象的なのが、それぞれの投影である一組の兄と妹、の世界である。ゲッツィは次のように述べている。「トラークルはその詩の中で、殺人者であると同時に……殺人の被害者、自分の弟であると同時に自分自身でもあり、また、自分の妹またはその逆、でもありうるのだ。そして、夢というものが内的な（論理の、ではなく、気分と色合いの）一貫性をもっているのと同じように、トラークルの詩もまた一貫しているのである」。そして、水野の詩も同様であるといえよう。ユングはトラークルにおける馬のイメージの出現には驚かないだろう。それは集合的無意識の証（あかし）と考えることができるからである。自殺願望の強かったトラークルは、第一次世界大戦の始まった年に、オーストリア軍の中で陸軍精神病院に収容され、不審な状況下で亡くなっ

ている。遺された詩、「啓示と衰退」の中で、彼は再び馬を取り上げている。「私の内部から暗い声が言った。黒い馬の蒼ざめた両目から狂気が飛びだしたので、私は馬（種馬、雄馬）の首を切った。夜の森の中で」。トラークルにおける兄妹のきずなは、透明な美と贖罪的な愛という理想化されたイメージのいずれにも、代わる代わる立ち現われ、それが、近親相姦、罪、償い、を暗示しながら崩壊していく。以上は、Lucia Getsi, Trans., *Georg Trakl: Poems* (Mundus Artium Press, 1973. pp. 146-47, 3, 170-71) からの引用である。

＊19 *Dreams*, p. 228. クンダリニー・ヨーガについてはJ・S・R・L・ナーラーヤーナ・ムーアティ、エリオット・ロバーツ訳『ヴィマーナ詩撰集』(Indian Classics Series, Sahitya Akademi, New Delhi, 1995, pp. 196-97) に説明がある。「クンダリニーの（六つのチャクラの）繋がりのヨーガは（同文「渦巻き状の蛇」）神の神聖なエネルギーと共に働く……それは脊柱の下端に宿っている。……クンダリニーは宇宙の「女性の」エネルギーと同じである」。

＊20 シルヴィア・プラスのアニムス（男性原理）を具体的に表している鍵となるテキストには、詩集『巨像（*The Colossus*）』に入っている同題の詩、そして死後に出された詩集『エアリアル』中の（評判のよくない）「Daddy（お父さん）」などがある。この二作に、同じく『巨像』の中の詩、母性志向の「不穏なミューズ（九女神）」を加える人もいるかもしれない。プラスの父は彼女が八歳の時に亡くなっており、父親に対する彼女の怒りは理不尽にも思える。父親は躾に厳しい人であったといわれてはいるが、娘を虐待したような痕跡はないように見えるのである。「お父さん」の中の怒りは、部分的には、夫であったテッド・ヒューズに向けられている、という見方もある。ヒューズとは、その直前に、彼の不貞を理由に離婚しているからである。ヘレン・ヴェンドラー編『「アメリカ」における声

とヴィジョン』(*Voices and Visions; The Poet in America*, Random House, 1987) 中、ヘレン・マクニール著「シルヴィア・プラス」の項、特に pp. 486–90 参照。このエッセイは、プラスのヨーロッパの神話、とりわけ、ロバート・グレイヴスの「白い女神」についてのプラスの解釈への興味深い言及にも触れている。プラスの二冊の詩集は『巨像、その他の詩』(Random House, 1957; Vintage Books edition, 1968) と『エアリアル』(HarperPerennial, 1966)。

＊21　このインタビュー「H氏賞の詩人に聞く」は、一九八三年、水野が第二詩集でH氏賞を受賞した際に行われ、「文芸広場」(一九八三年六月) に発表された。これは水野、平澤貞二郎 (H氏)、畠中哲夫による鼎談。無垢と残酷さに関する言及は九頁。水野の発言はグリム及び自身の作品中の残酷さについて議論する中でなされたもの。

＊22　グリム童話 (Jack Zipes) pp. 18–20.

＊23　「水野るり子 - 尾世川正明による往復書簡」(「孔雀船」一九八九年一月) 六九頁。尾世川正明は詩人。

＊24　ビヒモスとレヴィアタンは、水野の心優しい象と鯨よりはるかに凄まじい怪物である。『ヨブ記』四十、四十一章参照。水野の象の詩は、ここに掲げたのはその一部にすぎないが、彼女の主宰する詩誌「ペッパーランド」一九九〇年七月刊の号で発表された。

＊25　水野は一九六八年度H氏賞受賞者であるこの詩人について、一文を書いている (「幻視の人　村上昭夫——その作品の諸特性」、日本現代詩歌文学館特別展刊行物『没後30年村上昭夫『動物哀歌』への道』)。水野はとくに影響を受けた詩として、以下の「鴉の星」を挙げている。この詩と彼女自身の「幻覚のような光景」の詩との類似は非常に印象的である。

鴉の星

鴉が鳴いていた
ああ　ああ　ああ
その昔睡蓮もゆれていた星で
七月の織女星のように
黒いバラの伝説を秘めていた星で

雪が降り続いていた
ああ　ああ　ああ
星は地球のようにまるくて固くて
けれどとうに止むことを忘れてしまった雪が
限りなく降り続いていた

伝説は胡弓の調べのように
銀河のすみずみまでしみ渡るだろう
終いまで残っていた魚の思い出に
鴉がひとり無心に鳴いているのだという

ああ　ああ　ああ
止むことを忘れた雪が
限りなく降り続いているのだという
ああ　ああ　ああ

＊26　この葉書には、巨大な角を持つ牛科の動物の挿し絵がある（イラストは東芳純）。詩の下部に水野は以下の説明を載せている。「オーロックスは長い角をもつ、大きな野牛。飼牛の祖先。ユニコーン伝説のもとになり、旧約聖書にも登場する。角はジョッキとして珍重され、肉は食べられ、一六二七年に最後の一頭が死んだ」。

＊27　中本道代「透明な小さいコップのような夏」四九頁。

＊28　ユングが詳述しているある注目すべき夢があり、その中で彼は父親の仕事部屋に入り、「想像できる限りのあらゆる種類の魚の入った、何百というビン」を目にする。ユングの父親はプロテスタントの牧師で、ユングはこの夢を、キリスト教（キリスト、そのシンボルとしての魚類、または魚）の信仰の問題を取り調べるための出頭命令だと解釈している。この夢には、恐怖感を伴った、ユングの母に関する部分もあり、そこで彼が目にするのは、母が「幽霊のような結婚したカップル」が訪れるときのために用意しているベッドである（『記憶』二一三－二一五頁）。

＊29　水野はこの詩が自分にとって格別な意味をもつものだという一文を発表している。その詩の着想——題——はある子どもの絵から生まれたもので、その絵はユングの研究者である秋山さと子氏によって示されたものだという。その絵には（私は見ていないが）満月の光の中に立つおとぎ話のような赤い屋根の家と、その傍らに立つ一本の木、そして一人の女性の姿がある。すべてが「月夜の空気を

満たしている音のないざわめき」に包まれている。水野にとってこの場面は「おそらく夏休みを目前にした子どもが、これから始まる生の冒険にあこがれ、不安と期待、怖れとおののきで、波立つ海のようにその心を騒がせている……、そのような子どもの内なる心の忙しさ」を示しているのだ。水野はさらに、大人の生活が「内なる子ども」（彼女の作品の中心概念である）の断念（放棄）へと至るときの、その「子ども」の運命を論じて、次のように述べている。あるアメリカの翻訳者が、彼女の子どものころの生活でのトラウマについて質問した。水野の家族は、本人の言によれば、至って「普通の」家族であった。彼女の経験したトラウマはわれわれみんなにとってもよくあるもので、それは「自分の無垢の」子どもを「殺した」ことによって負った傷なのである。大人の世界での「忙しい日々」は、「忙しい夜」に取って代わる。しかし、深い記憶は内にとどまり、詩の中にその表現を求めてくるのだ……と（水野るり子「忙しい夜の記憶に」、「詩学」一九九八年九月号）。

＊30 個人的なやりとりの中で（二〇〇五年八月二十五日）、水野は、この詩は実際の夢に基づいていて、「小さないもうと」は自身の実際の妹であり、この本の影の主役ともいうべき、改めて概念化された母のことではないと告げた（家もまた彼女の家族が戦争中に住んでいた実際の家である）。『はしばみ色の目のいもうと』の文脈においては、この情報は、私の提起する「二重のイメージ」という解釈を否定するものではないと私は感じる。ただ、読者には、私がこの詩にみている特質は私自身の見方であって、作者のものではないということを承知しておいてほしい。この詩を翻訳する際には、水野のすべての散文詩の書き方である句読点の打ち方には、私はあえて従わなかった。完全に明確な理由はないが、この詩の夢の物語においては、このしばられないスタイルのほうが自然に感じられると思う。

＊31 私信の中で水野は、犬は「私自身の影ではないか」と述べている（一九九五年十月十四日の手紙）。

また、別の手紙（一九九五年十一月十四日）では、犬を（馬と比べて）、——親しい感覚はあるが、私たちとは異なる存在として、人間社会の異邦人と呼んでいる。

＊32　ウィリアム・P・トレントの解説による「ロバート・ルイス・スティーヴンソンの詩」William P. Trent, intro., *The Poems of Robert Louis Stevenson* (Thomas Y. Crowell & Co., 1990), p. 91. スティーヴンソンの詩句は以下の通り。

草の下、彼はただ一人横たわり
鉛色の目で見上げている
緋色の外套を着て、…星々へ、
太陽へと、銃口を向けて

＊33　「とどく声」は、その後『はしばみ色の目のいもうと』所収。私が翻訳した時点では詩集としてはまだまとめられていなかった。

＊34　一九九六年八月五日、水野の兄を愛惜し、五十回忌（仏教国で大切な行事であり、兄の命日は七月二十九日である）に、七人の高等学校の級友たちが集まった。一九九六年八月六日付の私信で、水野は、兄の黄ばんだノートを読んでいることを伝えている。「後に残されたことば……けれど、あらゆる物事の背後にある沈黙の言葉は私たちに届くのでしょうか……」と。十年後、二〇〇六年八月九日、水野は、兄の写真やテープや思い出の品々が納められた古い箱を開けたときの感情について再び触れて、旧制高校の男子学生と共有する強いきずなと知的興奮について述べている。

＊35　次の二つの和歌がふさわしいだろう。一つ目は六七二年、天智天皇の逝去に際してのもの、二つ

目は六八六年、その兄の天武天皇の逝去に際してのもので、それぞれ遺された后が作ったものである。

ＭＹＳII―１４８

あおはたのこはたの上をかようとは目には見れどもただに会わぬかも

ＭＹＳII―１６１

北山にたなびく雲に青雲の星さかりゆく月をさかりて

＊36　Philippa Pearce, *Tom's Midnight Garden* (Puffin Books, 1958; Harper Trophy, 1992). 邦訳は『トムは真夜中の庭で』（岩波書店）。このカーネギー賞（児童文学分野対象）の受賞者は水野の特に愛する作家である。

＊37　変容は水野の詩法の基本である。その詩は古代の年代記におけるアニミズム的創造神話を想起させる。例として、倉野憲司編『古事記』（『日本古典文学大系』I―85、Donald L. Philippi, trans., *Kojiki* (Princeton and Tokyo University Presses, 1968-69), p. 87.）参照。

＊38　「ジュール・ベルヌの小説に登場する学者の名。ポール・デルヴォーの絵にしばしばあらわれる」（水野による註）。デルヴォーはシュルレアリスムの画家の一人であり、その作品は水野のヴィジョンを引き出すのに役立っている。彼女が惹かれる画家としてはほかに、クレー、ミロ、ゴヤ、エドガー・エンデなどがいる。オットー・リーデンブロックはヴェルヌの小説『地底旅行』（一八六四年）に登場する。デルヴォーの絵の中では、彼は常に背の高い、やせた、フロックコート姿で、手持ちの顕微鏡をのぞき込んでおり、まさに冷徹な科学者の超然としたイメージである。

＊39　最初の、岩の柱の場面はデルヴォーの絵「月の位相II」（一九四一年）に触発されたもの。題名が示すように、もう一つのヒントは一九九六年二月十日に起きた事故である。北海道、豊浜トンネルの

悲惨な崩落事故では、バスの乗客・乗員十九名が犠牲になった。水野はテレビでのもどかしい救助活動を見た後で悪夢におそわれた。トンネルの入口はそびえ立つ断崖のふもとにあった。

＊40　静かな翼の跡や
原始の昔　焚火に焼けただれた石の傷跡に　それがしみこんでいく
何百万年の昔から　この石の礎石となるべく待っていた
石ならではの忍耐　これもまた運命である……

（「礎石となる石」部分）

わたしの魂を探す必要はない　恐らくここにいるにちがいない
それは花崗岩の奥深く　暗い魂として残る　それが野生の鳥や昼間の月とともに
風のまにまに踊ることはあるまい

（「トア・ハウス」部分）
（ともに『ロビンソン・ジェファーズ詩集』三浦徳弘訳より）

＊41　ロウズ著書、一二頁。
＊42　ロウズ著書、五一頁
＊43　「文芸広場」の鼎談（インタビュー八－九頁）で、平澤氏自身が（水野の生み出す詩のことばについて）、まさにロウズの『ザナドゥへの道』と同じ内容の質問をしている。「世間のことを見られたり、知られたり、詩集やその他の本を多く読まれたりして、その坩堝から鍛錬されて詩の言葉が生みだされるのでしょうか？」「その坩堝」とは、まさに「深い井戸」と「形象化する精神」との出会う接点なのである。

訳書成立まで

水野るり子

　ここに訳出したのは、二〇〇八年にCornell East Asia Seriesの一冊として刊行された、Edwin A. Cranston, *The Secret Island and The Enticing Flame: worlds of memory, discovery, and loss in Japanese poetry* に収載された、水野るり子の詩についてのエッセイ"The Dark at the Bottom of the Dish: Fishing for Myth in the Poetry of Mizuno Ruriko"（「皿の底の暗がり――水野るり子の詩の深層をさぐる」）です。

　私は一九九一年秋、夫（美術史家・水野敬三郎）が、客員研究員としてハーバード大学を訪れた際に、それに伴い三か月ばかり同大学寄宿舎に滞在しました。その間の一夜、美術史関係のパーティがあり、サックラー美術館の文子夫人と共に参加された日本古典文学のクランストン教授にお目にかかりました。そして現代詩の状況や、氏の専門である日本の詩歌の訳などについて、ゆっくりお話しできる貴重な経験をしました。帰宅後拙詩集をお送りしたところ、氏から私の他の詩集の訳も試みてみたいとの好意あるお申し出をいただき、私はそれを喜んでお受けしました。

　その結果、九二年頃から氏の訳文が送られてくるようになり、その訳を検討するにあたっての文通（ファクス、手紙、のちにメールなどでの）がそれ以来、延々と続くことになりました。その量は実に膨大なものとなり、今、段ボール何箱分にもなっています。その間、氏には大学での講義、研究、訳業その他の通常の仕事が続いていたので、その間隙を縫っての大変な作業となったと思います。しかしこの偶然の出会いから始まった十数年間に及ぶ氏との交信（詩についての対話）は、詩そのものへの意識の深化や豊かな広がりを私に与えてくれるものとなりました。氏の研究者としてのこの訳業への真摯な姿勢は、私にとって大きな励ましともなり、詩という、言葉による営為へのある畏れをも感じさせるものでした。

そんな想いを抱いて、私はこのエッセイを日本語にして世に出させていただきたいと思うようになりました。幸いにも何人かの詩友や友人たちのご協力をいただくことができ、出版の運びとなりました。二〇〇九年秋に初めての会合をもち、その後、月に一回程度メンバー数名が集まり、訳を検討し、その結果をクランストン氏にメールでお報せし、氏の意見を伺い、さらに検討を重ね、その結果を訳文にまとめるという念の入った手順を重ねました。

まず英訳された作品に触れ、氏の論評の意を汲みとりつつ訳を進めるというその作業は、難儀ではありますが大変興味深いプロセスでした。しかし、あらためて英語を日本語に置き換えることの困難を実感する日々の連続でもありました。その段階で横浜詩人会の詩友油本達夫さんにはご多忙の中、訳に関して多くのご指導をいただき、一方ならぬご尽力をいただいたことを、心から感謝しております。

また何年にもわたり一貫して訳書成立にご協力をいただいた、坂多瑩子さん、絹川早苗さん、有馬宏子さん、中井ひさ子さん、またさまざまな形で助言をいただいた福井すみ代さん、井尾祥子さん、唐澤秀子さんに深く御礼申し上げたいと思います。そしてこの企画が《グレーテルの会》誕生のきっかけになったことは思いがけない喜びです。現在、ファンタジーや詩をめぐる次の試みに取りかかっております。この会が今後さまざまの夢を育てる場となることを願っています。

なおこの原書には、他に“In the Dark of the Year”（愛をめぐる五十篇の短歌――古事記から俵万智に及ぶ――の訳と解説）、“Young Akiko”（与謝野晶子の文学的デビューについてのエッセイ）の二篇が収められていますが、この訳書は水野の作品に関する部分のみの抜粋であることをおことわりいたします。

この出版を快くご承諾いただいたエドウィン・A・クランストン教授及び、出版に関しての寛大な許可をいただいたCORNELL East Asia Series（コーネル大学出版部）のスタッフの方々に心から御礼申し上げます。

訳者付記

油本達夫

二〇一一年の暮れ頃だったか、水野さんから、クランストン氏の「水野るり子論」をチームで翻訳しているのだが、難儀しているので助っ人に入ってくれないか、という話があった。仕事の上で高校生の英文読解を長く担当してきたので、難解なところ、引っかかりそうな箇所については授業の延長のような感じで説明することは出来るのだが、問題はクランストン氏の文章が、水野さんの詩の世界に関するエッセイではなく、大学入試のいわゆる「論説文」でもなく、学術的な、あるいは本格的な日本文学に関する論文だということであった。これは「註」がカバーしている古今東西の文献、資料の幅の広さ、多彩さを一見するだけでも分かる。また、息の長い、修飾関係が複雑に錯綜する、しかもそのあちらこちらで難解な引用が絡み合い、ときには謎解きのような箇所もあったことは正直に書き残しておくべきだろう。

翻って、この論文から見えてくるのは、水野るり子さんの世界の奥の深さである。今まで強力な磁力に惹かれながらも、曰く言い難い感のあった水野さんの詩の根底——その心理の奥底と、それが詩の表現とどうつながるのか、という点が、氏の論考によって解き明かされていく。その様相がこの論文の大きな魅力だと確信している。日本の現代詩とこれほどまでに真摯に向き合い、その「謎」に迫ろうとする論考と対峙するのは、私にとっても初めての貴重な経験となった。クランストン氏の情熱と誠実に、ふかく感謝したいと思う。

自分という者——日本語版に寄せて

エドウィン・A・クランストン

詩人水野るり子との出会いは、このエッセイに述べた通りです。水野の作品の中の詩的世界に自分が魅了された原因を探ろうと思い、詩を翻訳しながらその世界のあらゆる面を出来る限り深く考えて描きたいと思い、その結果書いたものが、ある種の「エッセイ」になりました。水野世界の秘密——そのミステリーの中心の意味、自分が選んだ言葉では、その「mythos（深層世界）」——まで届いたかどうかを別として、これは水野さんとともに歩んだ豊かな長い旅でした。その道を歩んだことで副産物として私が得たのは、自分を鍛え、成長させるための貴重な勉強でした。ユング、グリム、ジョン・リビングストン・ロウズ、シャルル・モーロン、D・H・ローレンス、フロイト、『アラビアンナイト』、ゲオルク・トラークル、シルヴィア・プラス、フィリッパ・ピアス、村上昭夫、ロバート・ルイス・スティーヴンソン、パウル・クレー、ポール・デルヴォー、エドガー・エンデ、その他の作家、学者、思想家、画家などもその旅の同伴者でした。まるで、「水野大学」のゼミに参加させてもらったような幸運でした。

さて、翻訳者兼「エッセイスト」としてこの旅に挑戦した「学生」は一体どういう背景を持つ人物だったでしょうか。簡略にいえば、一九三二年生まれ、子供のころアメリカ北東部の農場で暮らし、青年時代西南部の砂漠で育ち、二十代に入って、軍の義務で日本に派遣され、大学院で日本語・日本文学を勉強し、やっとハーバード大学の教職に落ち着いたということです。若い時から読書三昧と大自然への憧れのあいだを縫って、自分独自の行くべき道を探してきました。高等学校のころから二番目の兄に刺激され、教えられ、「文学」、とくに詩に目覚めます。外国語を勉強しなければ、「文明人」になれないと思い込む観念が根付いて、アリゾナ大学に入学して英文学を専攻し、副専攻としてフランス語を勉強しはじめました。十七歳のころから、詩を作りはじめました。ロマンチストのやや一人ぼっちタイプの若者時代でした。軍での勤めのあいだ、日本語・日本文学の発見、その後、大学院（カリフォルニア大学、スタンフォード大学）で修士号・博士号まで進み、和泉式部日記の翻訳・研究の論文を書いて、刊行しました。

大学院のころから和歌の翻訳に没頭しはじめました。その結果を『*Waka Anthology*』の二巻に収めて、発表しました。自分を「詩人の出来損ない」と思い込んで、翻訳の和歌をまるで自分の詩のように思うようになりました。良し悪しを別として誰でも自分の翻訳したものを読むとそう感じるだろうと思われます。この狭くて、案外長くて深い道をあるところまで進んだ時、前に申し上げたように、水野るり子さんとその詩の世界に出会いました。そして自分の「行くべき道」が途端に広くなりました。水野さんの協力に助けられながら、この詩人の最初の四冊の詩集を完訳しました。それと同時に、この「エッセイ」によって水野詩の紹介をする役割もあり、詩の奥のいわゆる「myth（深層世界）」を探り、呼び起こすという野望を抱きました。翻訳者としてこれらの現代詩（散文詩を含む）と取り組みはじめると、すぐに翻訳のやり方が変わってきました。この中の翻訳に、自分自身の「声」は聞こえないはずです。声が詩人水野るり子の声そのままでなければダメだと思いました。今もそう思っています。

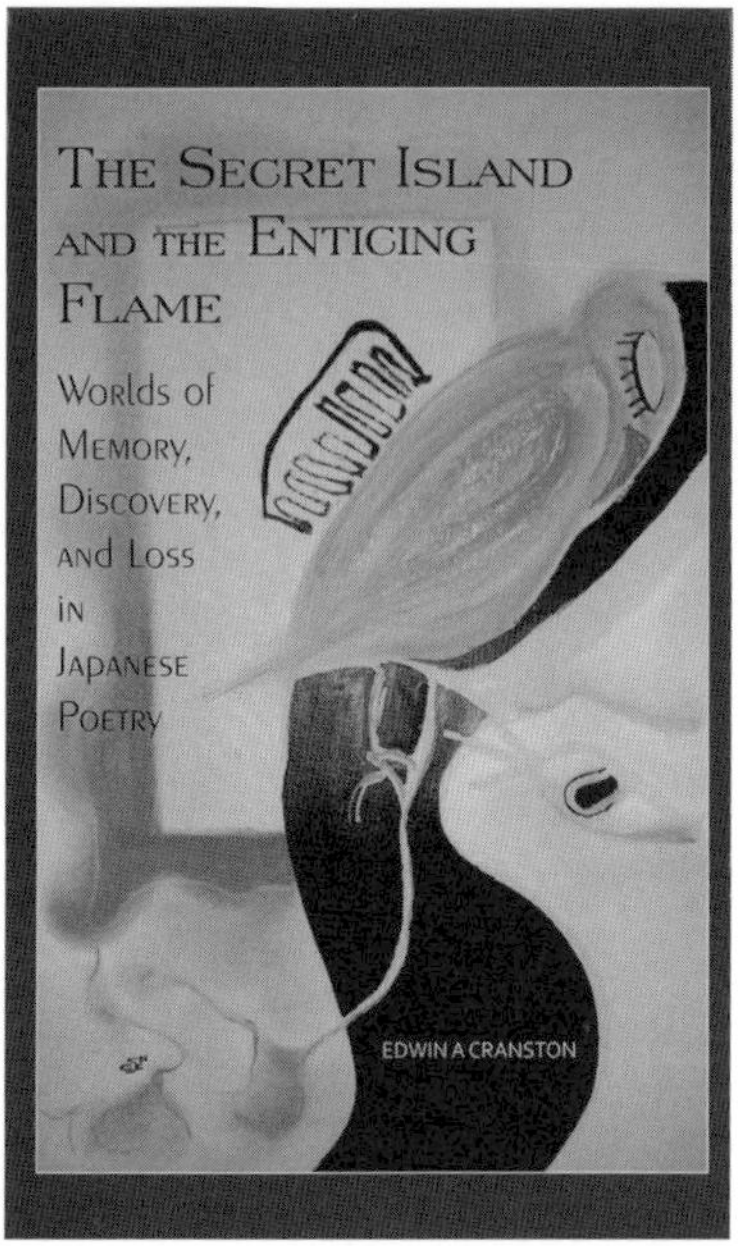
THE SECRET ISLAND AND THE ENTICING FLAME
Worlds of Memory, Discovery, and Loss in Japanese Poetry
EDWIN A CRANSTON

原版書影

Poems of Mizuno Ruriko

translated by Edwin A. Cranston

Hänsel and Gretel's Island

There was a summer when the two of us lived together on an island. An X was affixed to the small gate so that our house could not be distinguished from the others. I climbed narrow stairs and went into the room, thrusting a flower in my hair. In the room there was an elephant. The elephant faced away and was lost in dreams of the sea. Waves kept breaking over its back, until finally it began to be an island. Before long the island, with its little lamp lit, put us on its back and sank toward the sea night after night.

At night my brother talked on and on about the island: When still in its infancy, the island was captured by people, stripped naked, and even marked with a zoological distribution chart. (We two were very ashamed.) Even now the old symbolic markings survive faintly on the island, here and there. They look like the marks left by a rope. A track remains of a kind of amphibian that crawled across the island in the Devonian epoch, but nothing is known of the creature beyond the fact that it passed this way. The lonesome island has been waiting for us quietly ever since in the form of an elephant. To take us to the sky and the shade of the bright fern forest.

During the day we faced each other across a round dining

table and thought only of where the elephant and island had gone. Music for the bon dance reached us faintly on the breeze; we had an inkling we had come to some country of the East. I gave the elephant the name Dora; my brother gave the island the name Dora. I made a poem about the creepers the elephant-handler uses to make his whip, and meanwhile my brother was writing a long article about the island's geology and the measurements of one remaining enormous footprint. Circling the table, the two of us drew closer and closer to the spot from which the elephant and island could be seen.

In many different places fathers and mothers began to die. War had started among the grownups. We were somehow aware of the presence of a strange fish that had mounted the stairs and was listening at the door. When I bent over and picked up the fish, I severed its legs. All the legs were short. Outside the window we could smell the legs and the old entrails. In the belly of the pregnant fish was a map of something blind, all red and folded up. My brother unfolded the map onto a dark oval platter. It was of a fecund region. The two of us lay down like innocent wounds and studied for the first time in our lives the recipe for preparing a strange fish. We learned that fishes and people both eventually need to be healed. *That* was the secret of the grownups.

Deep in the forest there was a sound of fern spores spilling in golden color. In the oven the witch was starting to come back to life. My friend had no more bread crumbs or pebbles in his pocket. And at the end of the brief summer he died. It was a summer like a small transparent cup. But I had the feeling that that kind of summer was what people call love.

（「ヘンゼルとグレーテルの島」、本文16頁）

Dora's Island

"Let's go look for Dora," my brother said.

Dora was an island elephant. The island was close to where the sun set. In the very center of the island was a day's worth of sky. The sky hid the town. The town hid the window. My brother gazed from the sickroom window after Dora, who had gone off toward the shadows of the forest. Dora was being pursued.

My brother said: Dora is the infant prototype of the world. From elephant to bird, from bird to lizard, from lizard to shellfish, from shellfish to man, you can see a spiral musical scale passed on without a break. Sent out from Dora, an endless series of green vowels circles back again to Dora's ear. Dora is listening. The slow vowel rhythms set to humming the basso *aa* inside us, they draw out our quavering *ee*, they circle the spherical sky.

The island flowed on toward the end of summer. The elephants were gradually hunted out, became stiff, turned into bread, became whips, became chairs. It was the memory of Dora alone that made the two of us conspirators. We secretly set out walking between the round hands and feet that had been left behind. The elephants, overtaken by night, changed into knobbly plants at the top of a cliff. Out on a V-shaped

headland one of the parched elephant trees lay on its side. Half-buried in dry gravel, the tree had neither tree rings nor fruit. It looked just like mineral. Dark-winded days the beach was filled with the elephants' intermittent screams.

The grownups forecast my brother's death. In mid-sky over the island the world resounded like a broken organ. During the summer my brother and I, searching for Dora, little by little drew near the location of the gray ear with its sparse hair. The road ended in a cold, moss-covered corner of hearing. Fragments of all the accustomed words and sounds became a torrent of sand and were sucked down to the depths of the great funnel-shaped ear. The world became soundless, and Dora's trail broke off.

In the vacuum there was only the sound of my heart beating. That was the sole rhythm circling the sky. As if drifting into dream while waking from another dream, the side of death was dark. My brother's eyes were fixed on me. He was looking through me at the window behind. In the sunset window the sea foamed, and Dora's island sank into it.

（「ドーラの島」、本文70頁）

On the Island of Elephant Trees

The shape of the island changed from day to day. Depending on the quantity of clouds, the angle at which the window was open, the position in which the chair was placed, it would open out like a starfish, or scroll up like a snail, or sometimes be as tiny as a grain of sand.

The room was up stairs. While I mounted the innumerable stairs, the day drew on to dusk, and the room was left alone, orphaned in the midst of dark. My brother had the tall, narrow window closed and the lamp lit and was peering into the interior of the island.

An enormous elephant tree stood alone in the moonlight. (The pursued elephants stopped and stood still on the island; little by little they became trees.) The tree sucked up memory of the distant past from under the sand-colored rocks and told the two of us its story. As its big, gray leaves rustled in the sandy wind, the tree became an elephant named Rangu. Rangu stood tense and still, and the wind blowing between his ribs created strand after strand of a lonely winter scale. This music brought to mind the voices of far-off living things, voices lost before they became speech. Rangu hung his head and spoke.

Once there was an age that opened facing the sea. A creature was born then, before tusks began to grow. It was born of a desire to pass on a body that was large and abundantly endowed. Secreted away inside it was a particle from the boundless sky. That creature could submerge in the ocean and not be wet, yet drown in a drop of water. It flew through the wind toward the sun, its full length exuding orange-colored odors. It was like an elephant of the sea, it was like a whale of the sky; no one had yet called out its name. It was a creature of a single instance, a species that existed in one specimen. If the sun shone for a thousand days, that creature could breathe a thousand ways and one. In those days the world was hot.

And Rangu spoke: of a long, dry age on land; of the various shapes of flesh and blood hung parching in the empty sky; of many voices chained together to make a circus sideshow; of ears plucked off and cast away like great leaves; of tongues teased out and exposed to view; of countless footprints buried in Biology's concrete; of the inside of an invisible cage as big as the world. His voice became the wind and rattled windows on the island night after night. Stones, grasses, and animals crossed their frontiers and cowered close to each other.

The island began to cool. The grownups moved in herds near

the elephant trees. Every night huge four-cornered shadows jostled at the window. On the island candles and firewood were in short supply. Rangu's bark was stripped off and burned; the fire brightened our window for an instant. The bole was chopped off close to the root; before long it became a wrinkled lump. Then it became a gray bench. In the dusk at evening children sat on it. They too became part of the wood.

The island fell silent, and the little room grew numb with cold. Starving birds crossed the island at the height of the window. Their wings beginning to freeze, the birds were crossing the sand dike, carrying tiny eggs toward the sea. My brother and I, huddled together in the dark, sent down numberless aerial roots toward the gray layer of earth where Rangu had stood. An ice age that had started from some indeterminate place was beginning to seal the memory of all living things once more in darkness.

We too will someday become a tree, my brother said. The tree will be cut down and become a chair and become fire. Both chair and fire can carry the story of the elephant tree to far away places. Snow came down inside the frozen window. We hugged each other close. The snow began to deepen over us.

（「象の木の島で」、本文74頁）

The Tree House

The children alone had been left behind in a large, shadowless noonday. Who had abandoned the tree house? Was it the children? The grownups? As if it means nothing to them, the grownups open any window near at hand and point toward the old tree house. Immediately the tree house floats up like a memory on the outskirts of the afternoon, fine-stemmed plants grow over its walls, and insects are humming softly. Every time my brother and I stepped to the window, we too gazed at the tree house.

* * *

My brother said: "That thing over there is not the tree house. Our tree house is decaying on a yellowing map of the night. No one pushes open its rusty door. No one even passes by. The walls inside are sunken into moisture-laden depths as dark as the night sky. I can see them—the little star-like stains left on the walls. Try joining the marks—those are the figures of the wondrous animals we drew on nights when we were small.

"The eyeless crocodile looking up at us even now from the depths of the darkness; the legless elephant that followed us; the birds that fell to the ground calling out to us—where did they come from, those creatures our hands kept drawing

unawares? The tree house is filled with their panting. All that is needed to lead them out into the light may be one more line, the addition of a single mark. But I no longer have the time."

Every night when I was alone I saw on the scarred plain of my dreams the head of the crocodile that was pursuing me. I bumped into the legs of an elephant that wandered through ruinous cities. I saw birds that sank into the sea. The swollen tails and heads of these creatures stuck out from my dreams. They bled silently. This hurt me like an open wound.

Every night my brother set out toward the tree house, match in hand. My brother now prayed that he might burn all those voiceless creatures off the face of the earth. But he always drifted back to me at dawn smelling of death like a wounded fish. With his long, wet hair over his forehead, my feverish brother looked like some strange girl. In the end my brother's single-minded expeditions failed to reach the animals.

* * *

For me, no memory remains of whether the dark pictures in the tree house are the scribblings of early childhood or not. But, I thought, I must set out to see the tree house once again before it rots away, before its wooden walls collapse. I must

connect the fading star-like marks, must discover the location of the abandoned crocodiles' eyes and legs. And, to accomplish that end, I prayed that I might have, not a match, but a strong artist's brush.

（「木の家」、本文144頁）

Shadow Birds

Birds after dying
gradually grow thin

In the town there are many windows
Deep in every one at night
an orange moon rises

But in the dark on the platter
a flock of thin birds hides

Each bird stands
with one thin leg on the platter
becomes a large, black shadow
leaps toward a moonless sky

The dead birds
in the rain-gusting sky
lay dripping-wet eggs
clutch after clutch

And each stretching out one cold leg
they peer at the sinking moon
In a deep place
are humans

inside windows
cutting shrunken, lonely trees

（「影の鳥」、本文22頁）

Snake

The kitchen window is small and clouded. The whole sky is clouded too, and filled with cracks. Under the cracked sky you can see our house plopped down by itself.

Deep bowls are lined up on the table. The first bowl is for Father, the second bowl is for Mother, and the third bowl is for me. But I can't remember what is in it. The vague darkness hidden at the bottom of the dish—I climb onto a chair and peer in. The bowl is deep, like a marsh. Father said there was a snake at the bottom of the marsh. I mustn't go near. Nothing that walks on legs ever returns.

When the sun goes down, the marsh draws away from my room and becomes a black point at the tip of an arrow sign. I get on the swing without letting anyone hear. The slanted midnight swing. The crooked swing. I close the window and pump the swing. Mother appears. Wings folded like a big, sick bird perched on a tree in a forest at the bottom of the marsh, Mother, wavering upside down. Waves rise in the marsh. The road twists. A snake's trail is leading to the marsh. I pump the swing again. Higher, higher. And then I let go. I fall toward the marsh where Mother is waiting. I fall and fall.

Mother is slicing the vegetables for supper. The sound of the knife echoes against the stone walls like a lullaby.

> Somebody, somebody, who could it be
> Turn about, turn about, snake he'll see.

I turn around and push open a stone door.

> Somebody, somebody, who could it be,
> Turn about, turn about, snake he'll see.

I turn around and once more push open a stone door. I keep pushing. Door after unopened door. Finally, way off in the depths of evening, Mother is taking the lid off a saucepan and looking in. I can't see whether the food has finished cooking or not. I can't make out the bottom of the pan. I stand on tiptoe. My feet are crushing the grass. The smell of the grass begins to rise. My solitary room is there in the hot breath of the sunlit grass.

（「蛇」、本文36頁）

Spring Cabbage

It's begun evaporating
here and there it's vanished in thin air
but if you climb it　　that long ladder
woven from grass fiber
and peer in from a crack in the sky
some days you'll get a glimpse inside the cabbage

If it's spring
deep in a green barn
horses
will be emerging like moths
transparent hooves
scratching away
at the insides of their cocoons
and feathery antennae
beginning to unfold toward the sky
(One day for the cabbage is unbelievably long....)
The wheat-colored sun goes round above
where a tiny man
sits on the cabbage's thick core
That thing he's dangling in his hand—
Is it a trumpet?
Is it a whip?
The man has kept guard there for at least a hundred

years
but the cabbage goes on ripening without haste

If you listen carefully
you can hear the sound of leaves curling inward
somewhere in the emptiness of sky
The core of the cabbage is dark
like a cloud of stars

（「春のキャベツ」、本文57頁）

Memories of the Moon Stones

It was a room with a large window looking out at the moon. To one side of the window a rock pillar towered up and up until its summit seemed to pierce the sky. The rock surface, mottled with brownish spots, broke off easily, and from time to time falling stone fragments struck the window glass. (At night the sound of the fragments fell until it reached my pillow.)

Small stones lay scattered over the moon-drenched floor. My barefoot mother is muttering, "Who do you suppose broke the window? Careful now, not to cut our feet. . . ." And with that, she starts to pick up one by one the little moon-colored stones and make a collection. "These are moonlight stones, so let's put them away in the cabinet. That way we'll have more clothes." The stones shone faintly in the palm of Mother's hand.

A solitary moon stone is a lonesome thing. But when they were collected in a sky-blue bottle the stones shone as if with a kind of aura. Mother often polished them on moonlit nights. (During that period the lamps were always draped with black cloth because of the nightly air raids.) I frequently caught sight of Mother holding a beaker full of moon stones, letting the light of the moon

pour through them. On these occasions she seemed like some stranger I had never met.

When Mother was away I would secretly open the tea cabinet. Under the light of day the stones looked like nothing more than brownish bits of broken tile or fossilized wood. (Mother was old by then, to be sure, but eventually I secretly took those little stones out and threw them away. And Mother never said a thing about it.)

Could it be that when Mother was young the light of the moon sometimes congealed into crystals? Did the other world Mother saw through those stones cease to exist upon her death? .... If so, why does the shining of that other world pour down upon me now through memories of those stones with their grass-green and amber luminescence, their cherry-pink lustre? Like remembrances redolent with the vividness of life....

Such as this.... One day I discovered, in with the stones in the cabinet, quite by accident, one of my mother's secrets. Articles for the female menstrual period, what was referred to in whispers as "the monthlies," had been put away in a little drawer. Child that I was, I handled them, I gazed at them intently, and for the first time

brushed against a soft and enormous darkness. It was the dark lurking within the petals of the moonflower.

After my mother's death, I discovered a little oval stone fragment in the drawer of the mirror stand. Wrapping the faded moonlight stone in a sheet of paper, I put it away again deep in the tea cabinet. I was burying the moon stone in the depths of memory along with objects Mother had put away, such as a single black glove and the little box in which she kept her children's umbilical cords.

But from about this time the moon stones began to appear frequently in my dreams. Something that was not real, but that made my heart pound, was hidden near the moon stones. A fragment of memory, broken off and fallen, had scattered like mica and was trying to cohere again in the atmosphere, to crystallize once more. Like something left over from a dream. (....Under a darkened electric lamp someone is still groping about for those fragments of moon stone....)

And I too was obliged to turn off the lamp in order to capture the radiance of the faintly shining stones.

（「月の石の記憶」、本文137頁）

エドウィン・A・クランストン　Edwin A. Cranston

1932年、アメリカ合衆国マサチューセッツ州生まれ。ハーバード大学教授。アリゾナ大学卒業後、カリフォルニア大学バークレイ校などで学び、スタンフォード大学で博士号を取得。1972年より現職。日本とアメリカを行き来しつつ、ハーバード大学東アジア言語文化学科長（1981-85、1986-87）、オーストラリア国立大学客員研究員（1985）、国際日本文化研究センター客員教授（1998-99）などを歴任。日米友好基金日本文学翻訳賞（1992）、アラサワ賞（1994）、ロイス・ロス賞（2007）、山片蟠桃賞（2007）、旭日中綬章（2009）、NARA万葉世界賞（2012）などを受賞。『万葉集』をはじめとする日本古典詩歌の系統的な研究で知られる、アメリカを代表する日本文学研究者のひとり。主要著作に、

The Izumi Shikibu Diary: A Romance of the Heian Court. Harvard University Press, 1969

A Waka Anthology, Volume One: The Gem-Glistening Cup. Stanford University Press, 1993

A Waka Anthology, Volume Two: Grasses of Remembrance. Stanford University Press, 2006

などがある。

水《みず》野《の》るり子《こ》の詩《し》——皿《さら》の底《そこ》の暗《くら》がり

著者
エドウィン・A・クランストン　Edwin A. Cranston
訳者
グレーテルの会
発行者
小田久郎
発行所
株式会社 思潮社
〒一六二—〇八四二　東京都新宿区市谷砂土原町三—十五
電話〇三（三二六七）八一五三（営業）・八一四一（編集）
FAX〇三（三二六七）八一四二
印刷所
創栄図書印刷株式会社
製本所
小高製本工業株式会社
発行日
二〇一六年十一月三十日